Les personnages et les situations de ce récit étant purement fictifs, toute ressemblance avec des personnes ou des situations existantes ou ayant existé ne saurait être que fortuite ou présentée à titre de vraisemblance.

Toute représentation ou reproduction intégrale ou partielle faite sans le consentement de l'auteur ou de ses ayant droit ou ayant cause est illicite. Il en est de même pour la traduction, l'adaptation ou la transformation, l'arrangement ou la reproduction par un art ou un procédé quelconque. Tous droits réservés pour tous pays.

Dépôt légal : juin 2017
ISBN : 978-2-32215-888-1
Couverture et illustration : © Fred Daviken
Crédit photo : http://mathys33.deviantart.com

Fred Daviken

COMPTES à REBOURS

Malik

Paris, le 27 mai 2017

Octobre 2015. La maison d'édition de nos premiers romans « La Légende du futur » et « Éprise au piège » pour Hélène Destrem, et « Paranoïd patchwork », pour moi, est mise en liquidation judiciaire.

C'est dans ce contexte éprouvant que nous avons fait connaissance. De conversations en partage de nos romans, je proposai, un mois plus tard, par téléphone, un petit défi littéraire :
— Bon, je ne sais pas toi, mais cette liquidation me mine. Ça te dirait d'écrire une nouvelle à deux ?
— Qu'entends-tu par là ?, me répondit-elle

En fait, j'avais besoin de retrouver le goût d'écrire... Sortir de cette procédure qui anéantissait ma foi dans le monde de l'édition. Pour Hélène, la liquidation judiciaire semblait avoir un effet bénéfique : elle venait de reprendre l'écriture de son prochain roman, les idées fourmillaient ; bref, elle était lancée. Dans ces conditions, ma proposition allait-elle rencontrer un écho favorable ?
— Ben, un texte d'environ 10 000 signes chacun qui présenterait une même histoire mais vue différemment par chacun de nos personnages, m'enhardis-je.

Elle marqua une pause téléphonique et me répondit :
— Pourquoi pas ? Oui, cela pourrait être marrant... Mais ça parlerait de quoi ? Quel genre ? À quelle époque ?...

A cet instant, je sentis que j'aurais dû réfléchir un peu avant de la jouer « cap', pas cap' ». Mais je pressentais qu'avec nos deux styles d'écriture différents, l'exercice *pouvait être intéressant. Et surtout remobilisant pour moi. Aussi, avec un rare sens de l'improvisation feignant une longue réflexion, je lui lançai :*

— Le plus simple ce serait une histoire d'amour qu'on raconterait du point de vue de l'homme et de celui de la femme. De nos jours. T'as vu *True Romance* de Tony Scott ? Ce serait l'esprit : un truc fort, intense, déjanté, un peu sous amphétamines. Une sorte de *Thelma et Louise*, mais avec un couple. Un polar romantique, passionnel, charnel et violent.

— C'est une bonne idée ! Et la fin ? Ça serait quoi ?

Son enthousiasme fit plaisir à entendre mais impliqua une prompte réponse de ma part.

— Je ne sais pas encore. On verra... Mais, pour se donner un cadre, on pourrait appeler cette nouvelle « Comptes à rebours » et la découper en chapitres de 10 à 00, c'est pas con, ça ?

— Non, enfin faut voir...

Pas con, mais sans doute très flou pour la jeune femme. Pour moi également, même si déjà, par ce simple jeu de mots sur le titre, des images, des scènes commençaient à se projeter dans mon cerveau.

Dans les faits, pris à ce jeu et aux personnages, nous avons explosé le format initial.

Ce fut plusieurs mois d'écriture, au gré de nos disponibilités, de nos boulots et de nos vies de famille. D'accords et de désaccords aussi. Pas simple d'écrire une partition à deux, tout en laissant une certaine liberté aux instruments de chacun... C'était le contrat : une même histoire, deux personnages, deux auteurs, deux styles.

Une femme. Un homme. L'histoire d'une rencontre ordinaire, d'un amour intense, d'une ascension, d'une chute et... Une histoire en onze étapes. Rapide. Inéluctable.

Je vous laisse avec Malik. Êtes-vous prêts ?
Son « compte à rebours » commence...

Fred D.

PS 1 :
Je vous invite à lire « Comptes à rebours – Émilie », par Hélène Destrem, disponible sur www.bod.fr et auprès de toutes les librairies, réelles et virtuelles.

PS 2 :
Merci également de partager votre lecture et vos commentaires sur nos blogs et sur les plateformes numériques #ComptesARebours ou #MalikEmilie

10

Malik avait beau se dire qu'une journée de merde ne durait que vingt-quatre heures, il avait quand même la fourbe sensation que celle-ci était plus longue que les autres. Pas mécontent de quitter le bureau un peu plus tôt, il n'avait qu'une envie en cette fin d'après-midi : rentrer chez lui, prendre une douche, appeler un pote pour aller voir un match dans un bar ou pourquoi pas se faire une toile ; il trouverait bien un blockbuster ou une « comédie à la française » pour ne pas trop s'abîmer le cerveau. A bien y réfléchir, un film lui semblait le plan parfait pour être peinard et oublier le genre humain. Et éviter surtout qu'une nouvelle tuile vienne pourrir aussi sa soirée.

En effet, cette journée du 30 avril avait été particulièrement pénible. Le réveil n'avait pas sonné. Malik s'était cogné le pouce du pied gauche dans l'angle du sommier. La cafetière avait pleuré de l'eau marronnasse, le filtre s'étant plié sous la pression de l'eau chaude, alors que Malik prenait la fameuse douche « deux minutes, rasage et coupures compris ».

Petits massages à l'hémostick pour éviter que cela pisse le sang sur son col de chemise. Vérification de sa tenue dans l'ascenseur, découverte de zones mal rasées. « Pas le temps, je remettrai un coup au boulot ».

À peine arrivé, Jean-Stéphane, qui devait son ascension météorique dans la boîte au lien particulier qu'il entretenait avec son père, accessoirement président du conseil d'administration, lui avait annoncé que « Martin et Martin » retireraient leurs billes. 200 000 euros de chiffre d'affaires en moins, et sa commission... « Ben plus de com', bye bye Cancun ! Tu t'en remettras, t'es le meilleur, tu vas rebondir, t'as toujours un prospect en poche... », lui avait-il balancé. Malik ne put que rétorquer intérieurement un « Tu parles d'un connard. Espèce de fils de p...atron ! ».
Bien sûr, des *prospects*, il en avait. Il passa donc sa matinée à essayer d'obtenir des rendez-vous... Mais une veille de pont du premier mai, pas un client ne décrocha, ou alors ce fut pour balancer à la va-vite des « Malik, pas de souci, rappelez-moi la semaine prochaine et on calera une date », « Pas de problème, mais j'ai pas mon agenda à jour et je suis dans le train, je te rappelle... », « Désolé, je vous entends mal, je suis en mode main libre, je monte sur Deauville, envoyez moi un mail !! ».

L'après-midi fut différente mais tout aussi moisie. Deux livraisons n'avaient pu être effectuées. La première à cause d'une grève de la Poste : « Vous comprenez, avec nos conditions de travail, les camarades doivent se faire entendre » et la deuxième pour cause de « colis bloqué à l'aéroport, parce que le personnel d'escale a besoin d'être écouté ! ». Bref, de nouveaux délais, des clients mécontents et du champagne à envoyer pour faire passer la pilule.

Et puis, vers 17 heures, Sophie était entrée dans son bureau...

« Malik, bon, ne le prends pas mal mais je crois que c'est mieux pour nous deux qu'on arrête là. Nous sommes adultes et intelligents, donc on va gérer. On travaille dans la même boîte, on reste copains, pas vrai ? Et si jamais t'as envie et que moi je suis dispo, on remettra ça... Mais préviens un peu avant. D'accord ? »
Il ne trouva rien d'autre à dire devant ce monologue bien récité, que : « Ouais, ouais, pas de souci, on fait comme ça ». Il la vit s'en aller, laissant dans l'air conditionné une trace de Poison, et fermer la porte dans un geste de matador qui venait de porter l'estocade. Lui, assis dans son fauteuil, n'en fut point touché. Il y avait longtemps que son cœur ne battait plus et que son ego ne lui servait que pour se frayer un chemin dans la société.

Après la rédaction et l'envoi de trois messages électroniques, Malik décida de partir, prétextant un début de grippe. « Allez, ciao, tout le monde. À demain et Inch Allah ! ».

Il était presque dix-huit heures quand Malik s'engouffra dans la station « Concorde » et descendit les marches du métro, en sautillant une marche sur deux, comme un gamin qui joue à la marelle, un peu en déséquilibre ; sa façon à lui de décompresser. Un rituel enfantin.

S'approchant du quai de la ligne 1 « La Défense-Château de Vincennes », il fut bousculé par un sac Mango noir à bandoulière rose. Pas un « Pardon ! ». Trop facile. Juste un joli petit cul comme souvenir, tandis que la porte du wagon à quai déversait son lot de bipèdes de diverses nationalités, Parisiens compris. La sonnerie qui retentit invita le tout un chacun à se magner de rejoindre le fourgon à bestiaux suburbain. Malik se faufila tant bien que mal entre ses congénères dont la bêtise, la fatigue et la morne vie transpiraient de leurs yeux vitreux. Et là, un peu de chance : une place se libéra. Il s'empressa de s'y installer et de se caler contre la vitre. Alors il vit face à lui « le petit cul au sac Mango »...

Cachée derrière ses écouteurs, elle écoutait de la musique à fond. En plus de sa besace, elle tenait des poches en plastique pleines de brochures et un *Modes et Travaux* spécial « Portez l'été en plein hiver ». Elle les posa à terre et extirpa, tant bien que mal de son sac noir et rose, un livre avec une couverture bizarre. Un cheminot brandissant victorieusement une pelle à charbon, accompagné d'une sorte de diablotin noir. Malik n'arrivait pas à lire le titre. Ah ! si : *Déraillé*, de Terry Pratchett. Inconnu au bataillon de sa faible culture littéraire.
Il remarqua au poignet le début d'un tatouage, une sorte d'arabesque ou un signe du zodiaque stylisé,

caché par la manche d'un pull anthracite qui débutait sur un bras fin et se terminait par un décolleté en V bien conçu. Ouvert suffisamment pour deviner la naissance de la poitrine, mais pas assez profond pour pouvoir y jeter un œil. Une mèche châtain lui barrait la droite du visage. La partie non couverte laissait deviner des traits fins et réguliers, que soulignait le teint poudré de la jeune femme. Elle avait un tout petit nez retroussé. Tout à fait charmant. « 30... 33... allez 35 ans au max », évalua-t-il.

Malik se ressaisit et tenta de regarder en face de lui. Il fit alors connaissance avec ses yeux. Des yeux bleus ou gris ou verts. Bizarres mais troublants. Ils semblaient changer de couleur en fonction de l'angle et de l'éclairage. La légère corolle translucide entourant l'iris indiquait que la jeune fille portait des lentilles. Soudain, il s'aperçut qu'elle le fixait, certes avec amabilité, mais aussi avec un air interrogateur.

— Vous voulez quelque chose ? lui demanda-t-elle.

— Heu, pardon, quoi ? fit-il décontenancé.

— Je vous demande si vous voulez quelque chose. Vous me regardez fixement depuis deux minutes.

— Non, non, j'admirais vos yeux. Enfin, non, ce n'est pas ce que je voulais dire... Enfin, si, enfin bref. Désolé, je ne voulais pas vous importuner. La journée a été difficile et je me suis laissé aller à vous regarder. Cela me faisait du bien. Pardon, je ne vois pas pourquoi je vous dis cela...

Malik s'emmêla en excuses et autres justifications maladroites, ce dont semblait s'amuser son interlocutrice. Elle le relançait et Malik continuait cherchant à reprendre la situation en main, notamment en évoquant la « charmante fossette » que la jeune femme esquissait. Bon point. Elle souriait. Il enfila les lieux communs de la drague rapide « Tu vas où ? Tu fais quoi ? Tu viens d'où ? Pas facile Paris quand on ne connaît pas ? Mais c'est tellement beau ... » Elle était là, séduite sans doute, sur cette banquette en skaï orange. Il était devant elle, apaisé et joyeux, même s'il apprit avec une pointe de tristesse que leur histoire métropolitaine s'arrêterait station « Châtelet ».

Malgré le malaise interne que Malik ressentait, les quatre stations défilèrent tandis qu'ils plaisantaient. Malik les comptait dans sa tête. Chaque station passée marquait le moment où ils se quitteraient. Et en même temps, il essayait de retenir ce qu'elle lui disait. La jeune femme n'était pas de Paris, habitait temporairement chez une amie et revenait d'un salon. Journaliste de mode ou un truc comme cela, elle tenait une sorte de site sur Internet spécialisé dans le tricot ou la couture ou le *homestaging*. En tout cas, elle était passionnée par son sujet. Elle lui donna plein d'infos qu'il était important de ne pas retenir. Il avait beau se dire « Mais que t'es con, reprends le dessus, la laisse pas penser que t'es une sorte de *geek* attardé, timide et

asocial », rien n'y faisait. Il se sentait stupide. Et pourtant, elle souriait avec un éclat bienveillant au fond des yeux. « Elle est si jolie... » ne cessait-il de penser.
Tandis qu'elle parlait, Malik fixait son attention sur ses yeux couleur « prends soin de moi » et sur son pull anthracite. Pour les graver à jamais dans sa mémoire. Pour se les rappeler quand les journées de merde reviendraient. Comme ce rayon de soleil qui perce le ciel après la pluie et qui annonce une belle fin d'après-midi... Elle n'était pas « belle », mais son visage lui faisait du bien.

Soudain, elle se pencha, prit ses sacs, lui tendit la main et lui dit : « Eh ! bien, au revoir, à une prochaine fois, peut-être... ».

Malik sentit qu'il devait lui dire un truc, même une connerie, une de plus valait mieux que de la laisser partir. « La prochaine, ça pourrait être maintenant pour boire un verre ? », s'enhardit-il avec une petite mine un peu suppliante mais l'œil pétillant. « D'accord, lui répondit-elle, je vous suis ? »

Finalement, pensa Malik, peut-être que les journées de merde durent moins de vingt-quatre heures...

09

Tout en lui prenant un sac, Malik se mit à réfléchir. C'était bien malin d'inviter une fille à le suivre, mais pour l'emmener où ? Il n'en avait pas la moindre idée. Pourtant il devenait urgent, au fur et à mesure que la sortie du métro approchait, qu'il trouvât une idée. D'autant plus urgent qu'elle lui asséna le fameux « Alors, tu sais, où nous allons ? ». Pour gagner du temps, Malik esquiva avec sa parade secrète : « Où est le plaisir de la surprise si je te le dis ? » Bien joué. Super combo : + 10 points. « Malik wins !! ». Dans la foulée, il se souvint de ce que lui disait toujours un pote militaire : « Quand t'es chef, t'as le droit de ne pas savoir, mais t'as le devoir de montrer que tu sais. Alors dans le doute, prends une décision sans hésitation. » Il entraîna la jeune femme sur la droite. En marchant d'un pas décidé, ils arrivèrent devant Beaubourg, aussi appelé Centre national d'art et de culture Georges-Pompidou, comme le rappela Malik avec un clin d'œil, pas peu fier de jouer les guides touristiques et de montrer enfin un meilleur profil.

Il prit son air le plus sérieux et enchaina : « Comme tu le vois, le CNAC est un gros bâtiment tubulaire en acier, verre et béton, joyau du bâtiment polyculturel à la française des années 70. De part

ses collections d'art moderne, il se pose en vrai rival du MOMA de New-York et du Tate de Londres. Il peut s'enorgueillir d'accueillir, de mémoire, plus de 100 000 œuvres réalisées par près de 6 400 artistes...».
Malik s'interrompit et invita sa compagne à consulter Wikipedia pour en savoir plus. Ce à quoi, elle lui répondit : « Sympa, mais sache que les raffineries de pétrole et moi cela fait deux... Et puis je trouve que c'est un bâtiment qui fait semblant, c'est une parodie de la technologie ». Avec cette remarque un peu acerbe, Malik comprit qu'elle se moquait de lui, car ces mots étaient ceux de Renzo Piano, l'un des trois architectes retenus pour construire Beaubourg[1].

Malik venait de se faire moucher, découvrant à ses dépens l'humour et la répartie de cette inconnue. Un peu blessé dans sa fierté, ce qu'il ne put dissimuler, tant le rouge vint à son visage mat, il lui balança sur un ton un peu sec :
— Ben, puisque tu en sais au moins autant que moi, je vais t'emmener chez Georges...
— On va chez un pote à toi ? C'est curieux comme pratique, l'interrompit-elle.
— Mais, non c'est pas un pote, c'est le nom du bar sur le toit de la « raffinerie », lui signifia-t-il d'un clin d'œil, pour désamorcer une situation qui commençait à sentir le « Bon, ben, Malik, retour case ciné ».

---

[1] Renzo Piano, Richard Rogers et Gianfranco Franchini

— Haaaa, c'est chouette ça, sourit-elle. Au fait, moi c'est Émilie, et toi ?
— Bonde, Malik Bonde, je te jure que c'est vrai.
Cet échange de civilité eut le mérite de détendre une atmosphère qui devenait chargée. Pour la première fois, Malik était content que son patronyme déclenche un sourire et non un sarcasme. Ils se dirigèrent vers l'escalier mécanique extérieur qui leur permit de passer les différents niveaux de l'édifice jusqu'à la terrasse. Lors de la montée, Malik parla de tout et de rien, juste pour meubler. Il avait de plus en plus envie de prendre Émilie contre lui, la lover au creux de ses bras, tandis qu'ils s'élevaient vers le toit de son monde. Sa silhouette se découpait progressivement dans le ciel qui commençait à se parer de roses et d'orangés. Ils arrivèrent enfin devant un sas de verre, que leur ouvrit un cerbère, deux grammes de sourire pour cent-vingt kilos de muscles.
« Deux personnes ? Pour boire un verre ou pour dîner ? A l'intérieur ou à l'extérieur ? », leur demanda une jeune fille, avec un léger accent de l'Est dans la voix. Sentant que l'humour n'était pas de mise à cet instant, Malik, en tenant la porte à Émilie, se contenta de répondre : « Boire dans un premier temps et plus si affinités... Nous resterons à l'intérieur, il commence à faire frais, mais si vous aviez une table proche de la terrasse et exposée face Tour Eiffel ce serait parfait ».

Il était 19h12. Pour Malik, tout devait se passer comme il l'espérait. Comme il venait de le rêver en bas de ce paquebot de tuyaux. Provoquer la chance juste un peu. Et qu'elle lui sourît encore avec le visage d'Émilie.

Comme demandé, la Tour se dressait, toute de ferraille vêtue, dans le jour déclinant, tandis que la serveuse les invitait à s'asseoir à l'écart autour d'une petite table noire laquée. Elle leur tendit les menus d'un geste machinal et leur demanda ce qu'ils voulaient boire. À cette requête un peu abrupte, Malik fit remarquer qu'ils n'avaient pas encore regardé les propositions mais qu'ils n'hésiteraient pas à lui faire signe dès que leurs choix seraient faits. Les fauteuils jaune moutarde et de forme très carrée s'avéraient néanmoins confortables. Le dos bien calé, Malik commença à se détendre et put à loisir jeter un rapide coup d'œil circulaire le long du fer forgé des armatures qui soutenaient fenêtres et plafond. Le ciel était beau. Il se sentait bien. Il remarqua qu'Émilie frissonnait. Il lui demanda si elle avait froid...

— Pardon ? fit-elle en relevant les yeux.

— Je te demande si tu as froid ; tu viens de frissonner.

— Ah ! Non, bien au contraire, je suis très bien ici. Mais, je viens de me rappeler qu'il faut que je prévienne mon amie. Donne-moi deux secondes, s'excusa-t-elle en prenant son téléphone. Elle reprit, après avoir pianoté un SMS sur son Smartphone : c'est vraiment un bel endroit. Quelle vue !

— Effectivement, c'est magnifique. Content de mon coup de chance...

— Tu n'étais encore jamais venu ?

Non, Malik n'était jamais venu dans cet endroit du centre de Paris. Il en avait entendu parler à midi à la cantine du boulot. L'un de ses collègues avait décidé de se faire tous les "rooftops" de Paris. Il avait évoqué celui-ci. L'un des mieux placés, selon lui. Vue panoramique sur les principaux lieux parisiens.
Malik invita Émilie à se lever et lui montra Notre-Dame, la tour Saint-Jacques, Montparnasse, les Invalides, la Tour Eiffel, un bout du Trocadéro, l'Arc de triomphe. Il lui fit deviner au fond plein Ouest la grande arche de La Défense et termina au Nord-Est par le Sacré-Cœur.
Il était excité, tout heureux de partager sa ville avec une inconnue. Juste une ombre au tableau pour Malik, la petite phrase « que je prévienne mon ami... ». Avec ou sans « e », et quand bien même, serait-elle lesbienne, se demanda-t-il. Tout à ces questions, il fût interrompu par Émilie :

— Rooftops... Je veux pas passer pour une bouseuse, mais c'est quoi ?
— Ha ! oui, pardon, Émilie. Ce sont des bars ou des restaurants qui se sont ouverts sur divers monuments ou immeubles. C'est très tendance d'y boire un verre après le boulot ou pour un rendez-vous d'affaire dans un cadre décontracté et un peu étonnant. Bref, tu es dans l'une des place to be de Paris. Bon, je dois t'avouer qu'avant ce midi, je ne savais pas que cela existait.

— Sympa. En gros, ton collègue t'a sauvé la mise. Tu ne savais pas où m'emmener quand tu m'as proposé de te suivre ?

— Euh, non, en effet, répondit Malik en esquissant le début timide d'un sourire. Mais cela tombe plutôt bien pour te faire découvrir Paris, non ?

— J'avoue. Je n'aurais pas connu cet endroit, autrement.

— Pourquoi ? C'est la première fois que tu viens à Paris ?

— Non, ce n'est pas la première fois ! répondit-elle en riant. Je viens d'un village de l'Ain, Treffort-Cuisiat. Il n'y a rien de tout cela.

— Euh... OK, mais Treffort Cuisiat, c'est à côté de quelle ville connue ? Parce que niveau géo, s'il n'y a pas un club de foot... Attends, si je ne dis pas de connerie, l'Ain, c'est au-dessus de Lyon, non ?

Sur ces entrefaites, la serveuse revint pour prendre la commande. Malik et Émilie se regardèrent et furent pris d'un fou-rire. Ils avaient oublié de regarder la carte.

— Un Martini pour moi, commanda Émilie.

— Un Mojito Banana, pour moi, enchaîna Malik et s'adressant à Émilie : je ne connais pas, c'est pour goûter. Et puis ce soir, c'est le soir des nouvelles expériences, non ?

Émilie paraissait plus détendue. Ses épaules s'étaient relâchées. Petite victoire de soulagement pour Malik. Il craignait d'en avoir trop fait. Elle lui plaisait de plus en plus, même si le fait de ne pas être d'ici pourrait compliquer les choses au cas où... Malik chassa ces idées. « Profite du moment, te prends pas la tête. Elle est là, non ? Elle t'a suivi. Bon, alors... Vis et tu verras ! »

Émilie le ramena à la conversation en lui répondant qu'effectivement son village n'était pas trop loin de Lyon, mais quand même plus proche de Bourg-en-Bresse. Elle avait pris le premier train pour pouvoir arriver au plus tôt. Il lui demanda si elle n'était pas trop fatiguée par son lever matinal et sa journée de salon. Il aurait très bien compris qu'elle veuille rentrer pour se reposer après avoir subi le Parisien sur son terrain, arrogant et toujours pressé. Mais en son for intérieur, il espérait qu'il n'en fût rien et profita de ce moment de compassion pour lui glisser un petit « Tu restes longtemps sur Paris ? »

Il nota une pointe de tristesse dans la voix quand elle répondit qu'elle ne savait pas vraiment combien de temps durerait son séjour. Elle ne pourrait pas rester chez sa copine éternellement et à part une tante en Vendée, elle n'avait pas beaucoup de possibilités ; elle voulait néanmoins profiter de ce temps pour réfléchir. « Réfléchir à quoi ? C'est une info que je dois connaître », se demanda Malik. Après la tristesse, Malik décelait de la lassitude dans le timbre de la jeune femme. Il montra son intérêt avec un doux et chaud : « T'es un peu en transition perso ? ». Malik ne put s'empêcher de baisser la voix, comme s'il craignait la réponse de la jeune femme. Elle était là devant lui et il passait enfin une soirée "normale". Pas une soirée où tout était programmé de A à Z. Ce genre de soirée où l'on ne prend pas de risque en invitant une collègue d'un autre service, ou la copine d'un pote rencontrée à une réception et dont on a réussi *in extremis* à récupérer le numéro. Là, c'était une personne dont il ne savait rien. Rencontrée au hasard d'un coup de sac et d'une place en face de lui. Et d'un peu de courage.

Pour la première fois depuis leur rencontre, le parfum que portait Émilie, aux notes de coco et de vanille, avec une touche de citron vert, s'empara de lui. Un parfum qu'il n'oublierait plus jamais et qui lui servirait plus tard, dans les moments difficiles.

Alexia, prénom slave que la serveuse portait accroché sur sa poitrine, revint avec les boissons. Elle servit d'abord Malik avec un sourire, puis Émilie avec la plus grande indifférence... Ceci irrita Malik qui s'en confia avec un brin d'énervement : « C'est fou comme certaines filles peuvent être mesquines avec leurs semblables. Clairement elle a fait exprès de me servir en premier, non ? Et puis, t'as remarqué son petit air plein de morgue, dénué de toute amabilité ? ». « Si elle ne sait pas sourire et faire semblant d'être sympa, qu'elle change de métier ! », pensa-t-il tout en jetant un coup d'œil à sa montre. Il lui restait à peine dix minutes. Sentant le regard d'Émilie peser sur lui, il fit mine de l'écouter avec attention. Bien lui prit car deux informations essentielles lui furent données : elle avait perdu son job et surtout elle avait mis fin à une relation. Donc, Émilie était disponible. Enfin, peut-être. En tout cas, bonne nouvelle pour lui : elle était hétéro.

— Je suis soulagée d'un côté, d'être libérée de tout ça, mais bon... j'suis un peu à la rue du coup, souligna-t-elle, avec des yeux devenus gris.

— À la rue, pas complètement même si c'est provisoire. Pour ton mec, comme disait ma mère, c'est "mektoub". Ça va te paraître étonnant ce que je vais dire, mais les choses qui arrivent vraiment, c'est parce qu'elles le devaient. Le "mektoub", le *destin*, pour ma mère c'est ça. Les mauvaises comme les bonnes choses, si elles doivent arriver, t'auras beau faire, elles arriveront. Donc pour ton mec, tout allait bien, vous êtes restés là-dessus et progressivement, ce fut la merde... Parce que vous étiez restés ensemble plus qu'il ne fallait... Je ne sais pas si c'est clair ? tenta de positiver Malik.

— Si, c'est très clair. Je suis bien d'accord avec ta mère à propos des choses qui doivent arriver. Cette relation n'avait que trop duré, trop de mensonges,... Bref, je n'ai pas envie de parler de lui et de ce bazar maintenant. Pas avec toi. Ce n'est ni l'endroit ni le moment. Et toi, t'habites ici depuis longtemps ? Tu as une copine ?

Malik était content car il sentait qu'il pouvait se passer quelque chose entre eux mais il ne savait pas comment contourner la dernière question. Même si Sophie n'était plus autre chose désormais qu'un PPCO-CDA, potentiel plan cul occasionnel sous condition de disponibilité anticipée. Malik s'attacha donc à la première partie et reprit :

— Mes parents sont arrivés sur Paris pour ma rentrée en maternelle. Ils venaient de Marseille, ce qui est assez courageux », lui répondit-il en ayant en arrière pensée la célèbre rivalité PSG-Olympique de Marseille. « Ma mère était prof. Et on lui a proposé de prendre la direction d'une école qui venait d'être mise en place dans le XXème, vers le Père-Lachaise. Non, je n'ai pas de copine. Papa venait de se faire lourder de son poste de contremaître. Dix ans dans sa boîte. Au revoir monsieur Bonde.

Malik approcha la main de son verre pour boire une gorgée. Émilie en fit de même. Leurs doigts s'effleurèrent. Une pause. Comme pour fixer l'instant. Ils se regardèrent intensément. Malik respira un grand coup intérieurement, se leva, se posta devant elle et lui dit :

— Chope ton verre et viens avec moi. Tu ne peux pas quitter Paris sans que je te montre un truc.

Il ne put s'empêcher de regarder le lent mouvement des jambes d'Émilie se décroisant et d'apprécier la manière fluide dont elle s'extirpa de son siège.

Les quatre mètres qui les conduisirent du bar chauffé à la terrasse semblèrent des kilomètres parcourus sur de la plume. Malik tenait toujours la main d'Émilie, la serrant doucement. Ils se retrouvèrent face à Paris, prêts à décoller et à survoler la "Ville Lumière". Et ainsi voir le ballet des voitures et de ces vies inconnues, minuscules, qui, il y a encore quelques heures, n'étaient que des hordes malpolies, fatiguées, taciturnes ou agressives. Mais la nuit venue travestissait désormais le panorama en un monde fantastique, où seule la beauté des perspectives et des éclairages animait désormais la Capitale.

Malik enleva le verre que la jeune femme tenait dans son autre main, le posa sur une petite table, lui prit enfin les deux mains, se rapprocha un peu et lui dit :
— Émilie, je sais que tu m'as vu regarder ma montre. Ce n'est pas parce que j'ai un autre rendez-vous, ce n'est pas que je pense à quelqu'un d'autre que je devrais appeler, ce n'est pas parce que je m'ennuie, ce n'est pas parce qu'il y aurait un match de foot dont je voudrais connaître le résultat... C'est juste que... On ne se connaît pas, alors c'est compliqué de demander de faire confiance... Néanmaoins, s'il te plaît, aie confiance...

Malik se plaça derrière elle tout en l'entourant de ses bras. Puis, il lui lâcha les mains avec douceur et posa les siennes devant les yeux d'Émilie. « Maintenant, compte avec moi : 10, 9, 8... »

Elle enchaîna avec Malik : « 7... 6... 5... »

Il sentit le corps de cette jeune femme, encore inconnue deux heures avant, frissonner et se coller tout contre lui : « 4... 3... 2... »

« 1 ! ». Malik libéra le visage d'Émilie.

Devant eux, la Tour Eiffel scintilla tels des diamants dans la nuit parisienne, couvrant toute la ville d'un rayon, se fondant progressivement dans l'horizon.

Elle se dressait là, immense et belle, phare étincelant pour des milliers de touristes et d'amants, baignant de sa lumière bienfaisante toits et monuments. Malik pencha son visage contre la chevelure d'Émilie et chercha son cou. Il s'approcha tendrement, sans un bruit. Tout n'était que silence et chaleur. Une bulle rien qu'à eux. Il embrassa sa nuque et remonta vers le visage de la jeune femme, en lui tournant autour, tout en la serrant de plus en plus. Sa main droite remonta le long de son dos et parvint juste à la base de son cou. Leurs lèvres se rencontrèrent...

Tandis que la Tour Eiffel éteignait ses lumières, Malik improvisait inconsciemment un pas de deux avec Émilie. Un tango lent et merveilleux. Ils dansaient sans s'en rendre compte sur le parquet de la terrasse du Georges. Ils dansaient sur Paris, en suspension.

Ce premier baiser innocent et vibrant était pour Malik telle une brise de printemps dans un cerisier, dont les pétales s'envolent comme des flocons roses et blancs. Ce premier baiser long comme un soleil d'été qui ne finit pas de se coucher. Ce premier baiser qui ne connaît ni l'automne, ni l'hiver. Ce premier baiser gravé pour toujours dans son cœur.

Ce premier baiser comme le compte à rebours lancinant et troublant, qui fait monter l'envie de fusion et le désir de tout connaître de l'autre. Ce premier baiser comme une promesse d'éternité.

Paris. En bord de terrasse. Ils étaient tous les deux. Seuls. Comme des milliers d'autres amants par un beau soir de printemps.

08

Qu'il est difficile le retour à la réalité après le premier baiser ! Ce baiser qui comporte toutes les promesses, toutes les envies, tout le meilleur que l'on peut donner. Ce baiser est toujours une bascule entre le monde d'avant et celui qui s'éclaire d'une lumière nouvelle. La belle inconnue devient comme une évidence. La gaucherie d'un effleurement de main, d'un regard insistant ou d'un mot semblant déplacé devient preuve de complicité, d'un langage mis en commun.

Le reste de la soirée fut donc léger, sans barrière. Tout semblait aller de soi. Les mots s'enchaînaient facilement et les rires venaient ponctuer des anecdotes somme toute assez banales. Pourtant ils avaient la sincérité de ceux d'un enfant. Malik était bien, comme rarement.
Lui qui devait toujours faire un peu plus que les autres pour exister, il était là devant Émilie, qui ne regardait que lui. Qui ne riait que de ces blagues à lui, qui remontait ses mèches de cheveux en découvrant sa nuque d'albâtre uniquement pour lui. Dans chaque mot adressé, des baisers tendres s'envolaient. À chaque regard qu'il posait sur elle, elle lui envoyait une invitation à recommencer.

S'ils dînèrent, les mets furent engloutis sans la moindre attention, sans le moindre goût, juste parce qu'il les avait commandés. Même le vin semblait fade et ne produisait pas l'ivresse de leurs mains enlacées sur cette table de bois laqué.

L'instant redouté par Malik arriva. Celui où il fallait se quitter. Malik se leva, alla régler l'addition, revint vers Émilie. « Demain sera un autre jour. La magie sera-t-elle encore là ? Se reverront-ils ? », pensa-t-il, alors il lui proposa de la raccompagner. Il voulait tellement prolonger cette soirée qui contrebalançait sa journée pourrie. Tant pis pour le côté cliché de sa proposition. Émilie accepta son invitation avec un sourire.
Ils quittèrent le Georges, reprirent l'escalier mécanique et s'enfoncèrent dans la nuit parisienne. Ils étaient là, glissant parmi les badauds de l'esplanade du Centre Beaubourg, se tenant par la main, échangeant à demi-mots.
Devant la fontaine des Innocents, alors qu'un groupe d'étudiants sortaient du Mac Do en gueulant, Malik demanda à Émilie : « T'as un truc pour ce week-end ? J'avais prévu de partir loin de Paris. Je connais un endroit calme et dépaysant. On verra la mer... Alors si tu veux, ça me ferait plaisir de t'emmener avec moi... ». Il avait essayé de mettre toute la conviction possible dans cette invitation, sans être trop insistant. Après tout, ils ne se connaissaient que depuis quelques heures. Alors, suivre un quasi inconnu... Ce n'était pas parce qu'elle avait accepté de dîner, avait répondu à son baiser, semblait passer une très belle soirée, qu'elle allait lui dire...

— Oui, ce serait formidable... Merci pour ta proposition, répondit-elle avec une étincelle dans la prunelle.

Malgré tous ses efforts pour ralentir le temps, ils arrivèrent dans une petite rue donnant sur celle de Rivoli. Décidément, les trajets étaient trop courts ; l'heure de la première séparation arriva.
Ils se tenaient devant la porte d'un immeuble sans personnalité. Cadre banal et sans chaleur pour un au revoir. Malik s'approcha, amena Émilie contre lui et l'entoura de ses bras, comme un cocon. Leurs bouches se retrouvèrent immédiatement. Les tremblements d'Émilie et le début d'érection de Malik trahissaient l'envie qu'ils avaient l'un de l'autre. Malik voulait profiter pleinement de cette étreinte, car il savait qu'il ne pourrait monter. Et surtout, il ne devait pas.
Il ne voulait pas que cette histoire commence comme tant d'autres. Il ne voulait pas d'une nuit qui se termine à six heures du matin, par un pantalon remonté vite fait, des chaussures mises à l'arrache et par une voix pâteuse qui dit : « Bon, j'y vais. À plus tard ». Alors il dit à Émilie : « Dors bien, repose toi, je t'appelle demain... ».
Ils s'embrassèrent une dernière fois. La tristesse s'était immiscée entre leurs lèvres. Il la quitta, fit trois pas, se retourna. Il la vit, belle et lumineuse, lui adresser un papillon du bout des doigts. Il le capta, le blottit contre sa bouche et le relâcha. Un clin d'œil. Elle n'était plus là.

Il décida de rentrer à pied, besoin de marcher, de vivre chaque sensation. Profiter de ce moment en suspension où le monde se mettait à flotter. Un moment rare. Trop rare dans la vie de Malik.

Il n'y avait pas grand monde dans les rues, les éclairages publics diffusaient une lumière blafarde et les voitures ressemblaient à s'y méprendre à de longues traînées blanches, jaunes et rouges, guirlandes intangibles qui déchiraient la nuit dans un vrombissement sinistre. Malgré un sentiment d'intense abattement, Malik était heureux. Il ressentait d'étranges vibrations. Son cœur faisait de la *beat box* contre sa poitrine. Ses doigts claquaient malgré lui. Ses pas sautillaient. Malik était heureux et avait envie de le crier. Crier qu'il sentait que c'était différent. Que ce n'était pas juste pour baiser, pas juste pour se dire que c'était un putain d'hétéro au carnet de tir bien rempli, pas juste pour combler sa solitude, pas juste pour se donner la satisfaction narcissique d'un regard qui l'aimait. Pas juste pour se dire que le « petit bâtard franco-marocain » prenait une revanche sur la vie en cumulant les conquêtes, tout comme il avait réussi Dauphine et su se frayer un chemin à la direction commerciale du Groupe Lebossu.
Crier que c'était bon de sentir cette légèreté et le parfum de cette fille. Crier juste son prénom, comme un gamin, amoureux pour la première fois.

Arrivé devant son immeuble, Malik chercha ses clefs et les trouva dans l'autre poche. Il composa le code d'entrée, poussa la lourde porte en chêne, franchit le sas de verre intermédiaire, appela l'ascenseur, l'attendit, le prit, se retrouva deuxième étage quatrième porte à gauche, eut toutes les difficultés du monde à ouvrir cette porte... puisque son appartement se situait quatrième étage deuxième porte à gauche. Ce que lui expliqua une vieille femme, quelque peu inquiète, à travers la porte qu'il essayait d'ouvrir sans succès.

Malik prit l'escalier, entra donc dans son appartement plus facilement, appuya sur l'interrupteur de l'entrée, jeta ses clefs dans le vide-poche attenant à un cadre. Une photo. Celle de sa mère et de son petit frère. Il aurait voulu leur parler. Leur dire. On peut parler aux morts, mais c'est rare qu'ils vous répondent. Malik sentit une larme qu'il balaya du revers de son pouce. Il enleva ses chaussures, ses chaussettes, sa chemise laissa choir sur le sol du salon, puis son pantalon et son boxer, alla dans la salle de bains, fit couler de l'eau et s'en répandit sur le visage. Il releva la tête, se regarda dans la glace et sourit. Bien. Il était juste bien. Il se glissa dans son lit et s'endormit tout heureux.

Il se réveilla, prit un petit déjeuner et une douche, il appela l'hôtel dans lequel il avait déjà loué une chambre, s'assura que celle-ci donnait sur la mer et qu'elle disposait d'un lit double, puis il prépara un léger bagage, mais n'oublia pas sa parka en coton huilé. « Pas à l'abri qu'il pleuve en Normandie. C'est rare, mais cela arrive, alors autant être prévoyant », se dit-il en refermant la porte de l'appartement. Il sortit de son immeuble. Son « bébé » était toujours là, garé dix mètres plus bas dans la rue. Son coupé Mazda couleur obsidienne avait été épargné par les pigeons, ce dont il se félicita. Il déposa son bagage dans le coffre, sortit ses Vuarnet, se laissa glisser lentement sur son siège en cuir, caressa le volant, introduisit lentement la clef de contact et la tourna d'un petit coup sec. Il démarra sans vraiment regarder dans le rétroviseur.

Quelques minutes plus tard, il se retrouva là où il avait quitté Émilie quelques heures plus tôt. Il composa son numéro.

— Bonjour Émilie, bien dormi ? Prête à passer des heures merveilleuses avec un homme au charme incomparable ?

— Bonjour Malik ! répondit-elle d'une voix enjouée. Oui, pour tout !

— Parfait alors ! On se retrouve en bas. Je passe te prendre dans une dizaine de minutes, ça te va ?

— Très bien. À tout de suite !

— À tout de suite !

— Bisous.

Il raccrocha. Sortit de la voiture. S'alluma une cigarette. Regarda les alentours auxquels il n'avait pas fait attention cette nuit. Alla vers une jeune fille qui vendait du muguet au coin de la rue. Lui acheta trois brins. Jeta son mégot. Ouvrit la voiture, prit une gomme à mâcher dans la boîte à gants et releva la tête pour s'extraire du véhicule juste au moment où Émilie sortait de l'immeuble. Il se dirigea vers elle et l'enlaça précipitamment, avec la joie de la retrouver après une longue absence. Ils s'embrassèrent tendrement. Malik lui prit le bras et la valise et ils traversèrent. Le bagage rose et noir d'Émilie fit connaissance dans le coffre avec celui, marine et blanc, de Malik. Le jeune homme ouvrit la portière « passager » pour qu'Émilie puisse s'asseoir. Il contourna la voiture et prit place à ses côtés. Il caressa le volant, introduisit lentement la clef de contact et la tourna d'un petit coup sec. Il tourna la tête vers Émilie et lui demanda si elle était prête. Avec un hochement de tête et un joli éclat de rouge à lèvres, elle lui fit signe qu'elle l'était. Il embraya et se dégagea de la place « livraison » où il stationnait. Quelques minutes plus tard, ils prenaient l'A13 direction Rouen. Une odeur de muguet flottait dans le cabriolet. Ils roulèrent et s'arrêtèrent sur l'aire de Beuzeville Nord pour y prendre un rapide en-cas, de l'essence et une pause de baisers sauvages sans retenue à la vue de tous. Au moment de repartir, les vêtements quelque peu froissés, Malik demanda à sa compagne de voyage si elle avait le permis. Elle lui répondit par l'affirmative. Alors, avec un sourire moqueur et un geste un peu macho, il lui tendit les clés et lui dit : « OK, alors fais-toi plaisir... »

Malik proposa de faire une pause café à Bayeux pour lui montrer la cathédrale et ses alentours, charmant quartier aux hôtels particuliers rarement visibles. Il en profita pour lui parler aussi d'un couple d'auteurs de bandes dessinées qui habitait cette ville et qui avait écrit, selon lui, l'un des plus beaux albums sur l'amour, le tome 3 d'*Abymes*.

Ils reprirent la route à travers le bocage vallonné du Parc régional des marais du Cotentin. Il faisait doux et beau. Malik avait décapoté la Mazda. Le soleil jouait dans la chevelure d'Émilie. Il faisait bon. Elle était souriante et belle. Il s'amusait de voir la jeune femme, bien que concentrée, prendre plaisir à conduire, avec des gestes nerveux dans les passages de vitesse et de belles accélérations en sortie de virage. Malik était heureux tandis que dans les airs, ils pouvaient déjà sentir les premières traces d'iode. Ils arrivèrent à Barneville-Carteret, qu'ils traversèrent pour se rendre au Cap. Là, Émilie coupa le moteur. Ils devaient poursuivre à pied.

À perte de vue, la plage et la Manche s'offraient à eux. Ils se regardèrent les yeux humides, ôtèrent leurs chaussures et se mirent à courir pieds nus sur le sable mouillé. Malgré quelques randonneurs ou maillots de bains qui se promenaient, c'étaient leur ciel, leur soleil, leur plage, leur bruit des vagues qui venaient mourir sur le sable. Leur premier week-end à deux. Leur première chute comme des imbéciles et ce rire qui emplit tout l'espace. Une main qui enlève doucement les grains de sable sur le visage de l'autre. Ils se dirigèrent un peu à l'écart entre deux grands rochers, s'assirent et contemplèrent l'horizon. Le ciel était vide de nuage.
Émilie s'approcha du jeune homme, lui prit la main et murmura dans un souffle doux et engageant :
« Malik, j'ai envie de toi... »

Il se leva en silence, enleva son blouson et sa chemise pour en faire un lit de fortune. C'était le moment. « Malik, merde pas. Tu sais que c'est pas une de ces filles que tu ramènes pour tirer un coup. Respire. Détends-toi ». Tout devait sembler naturel, alors que tout en Malik bouillonnait. Il s'approcha et l'embrassa dans le cou. Nouveau contact avec la peau de sa compagne d'escapade. Nouveau tremblement. Il sentit la main de la jeune femme se diriger vers son entrejambe, puis déboutonner les rivets de ses jeans et commencer à lui caresser la verge au travers de son boxer noir. Malik enleva d'un geste maîtrisé boléro et chemisier, seuls remparts entre sa bouche et les seins blancs d'Émilie. Tout en s'embrassant, leur langue se rejoignant facilement et jouant déjà avec gourmandise, ils firent descendre ensemble la culotte de coton vert pâle d'Émilie et débarrassèrent Malik de ses sous-vêtements. Elle leva son bassin. Il mit ses mains fermement entre les jambes et les écarta. Son sexe vibrant et gonflé se présenta devant celui humide et chaud d'Émilie. Alors que le gland frôlait l'entrée du vagin, des mains s'accrochèrent à la taille de Malik pour le faire pivoter. Il accompagna le mouvement. La jeune femme se mit à califourchon sur lui et l'attira éperdument en elle, provoquant un premier cri de jouissance qu'elle essaya d'étouffer en se mordant la lèvre inférieure. Une onde électrique submergea Malik, le traversant complètement. Sa queue avait transmis des ondes dans tout son être. Paratonnerre de plaisir et de sensations nouvelles. Jamais, il n'avait ressenti une telle intensité.

Implosion de chairs. Fusion intense et bienfaisante. Éternité atomique. À ce moment, il sut. Cette femme assise sur lui, belle et fragile, gardienne de leurs sexes unis, cette femme, il l'aimait. Il ressentait enfin intimement cette enivrante sensation. Cette évidence au parfum d'océan, de vanille et de citron vert.
Malik n'avait pas envie d'explorer plus en avant les possibilités que leurs corps offraient. Il voulait juste profiter de ce moment. Il se releva lentement pour l'enlacer. La sentir encore plus fortement contre lui. Sentir ses tétons roses contre son torse. Sentir son ventre contre le sien. Ses bras dans son dos pour la serrer toujours un peu plus. Que leurs corps se mêlent. Émilie déposa son visage dans le cou de Malik, sa chevelure lui couvrit les épaules. Il se sentait infiniment en elle. Chaque atome à la juste place. Ils restèrent ainsi, face à l'horizon, ondulant de mouvements imperceptibles, et jouissant l'un de l'autre.
Tout n'était que sensuel équilibre en ce vendredi premier mai.
La fraîcheur de la fin d'après-midi les incita à rejoindre leur hôtel, au décor typiquement normand avec ses poutres de bois apparentes et ses murs de chaux blanche. Le patron les accueillit avec bonhommie. « Monsieur et Madame Bonde, je présume ? Isabelle va prendre vos bagages et vous accompagner jusqu'à votre chambre. Le restaurant sera ouvert dès 19 heures. Je vous souhaite une très belle soirée. Peut-être à tout à l'heure » et il disparut dans la loge attenante au comptoir

d'accueil. Politesse, précision et discrétion. L'endroit était parfait.

Comme réservé et convenu, la chambre orientée plein Ouest donnait sur la mer et sur le soleil qui n'allait pas tarder à tirer sa révérence. La décoration, tout en déclinaison de rouges tendres, respirait le confort et le soin. Pas ostentatoire ou chargée, juste cosy. Un véritable petit nid douillet pour amoureux. Ils se regardèrent. Le désir était toujours là, peut-être même un peu plus puissant encore. Les vêtements ne furent plus que souvenir, tandis que leurs corps se joignaient pour se redécouvrir plus tranquillement. Malik avait particulièrement envie de goûter le sexe de sa compagne et de s'en délecter plus que de raison. Ce qu'il fit avec gourmandise. Ce qu'elle aima avec saccades et tendres gémissements. Ce qui leur fit perdre toute notion du temps.

Ce fut quelque peu en état second qu'ils descendirent pour aller dîner. Installés de nouveau contre la baie vitrée, ils virent le soleil plonger lentement dans l'horizon marin, nimbant les cieux, la mer et la côte de feux changeants, pour s'éteindre en une teinte sombre, que seules quelques lumières, ici et là, venaient troubler.
Malik pensa à ses parents. Il aurait voulu les remercier d'avoir tant pris soin de lui, de l'avoir forcé à lire autre chose que des bandes dessinées. Il se souvint de cette phrase de son père : « Malik, je ne suis pas malin, pas très cultivé. J'ai juste pour moi d'avoir l'amour de ta mère, de ne pas être trop

mauvais dans mon boulot et d'avoir la confiance de mes patrons et de mes hommes. Et puis d'aimer la poésie. C'est beau le son des mots qui viennent résonner dans le cœur. Qui te font tinter l'âme. Parfois, je ne comprends pas mais je me sens tout bizarre et cela me fait du bien. Surtout quand je regardais ta mère... Alors tu vois, Malik, lis toujours de la poésie. Même un peu. Quoi que tu fasses, quoi que tu choisisses, quoi que tu deviennes.»

Il était là avec Émilie. Inconnue vingt-quatre heures plus tôt et pourtant, il ressentait comme jamais ce besoin, cette nécessité impérieuse de sa présence à ses côtés. Alors lui vint en mémoire ces quelques vers du Lac de Lamartine : « Aimons donc, aimons donc ! De l'heure fugitive, hâtons-nous, jouissons ! L'homme n'a point de port, le temps n'a point de rive ; il coule, et nous passons ! ». Il était bien décidé à tricher avec le temps pour profiter de chaque seconde avec Émilie.

Il fut interrompu dans sa rêverie par un « Merci... », que lui précisa Émilie : « ...d'être entré dans ma vie hier et pour tout ça », souligna-t-elle d'un geste circulaire de la tête. Malik se leva, s'approcha d'elle et l'embrassa à pleine bouche, voracement, éperdument, oubliant les tables autour. Et surtout les gens qui les regardaient. Avec étonnement, dédain, mais aussi envie.

Comme la veille, le repas ne fut qu'un prétexte, une pause menant à mieux. Ils ne prirent pas de dessert et remontèrent vers leur chambre retrouver ces draps qui avaient conservé l'odeur de leurs ébats précédents et prêts à accueillir les suivants.

Malik émergea vers six heures, se rendit aux toilettes et jeta machinalement un regard à son portable. Un message vocal datant de la veille. Il interrogea son répondeur : « Bonjour. Ici le service des soins palliatifs. Votre père va mieux. Merci de nous rappeler lundi. ». Il éteignit son portable, un peu soulagé. Il regagna le lit non sans être ému à la vue du corps allongé et nu d'Émilie. Il adorait la courbe de ses fesses, le fin dessin de sa toison pubienne et la fermeté de ses petits seins. Le désir de cette femme s'empara de nouveau de lui. Il serpenta vers elle, embrassant ses chevilles, remontant jusqu'à ses cuisses, qu'elle écarta dans un demi sommeil. Et plongea son visage vers les petites lèvres charnues et humides de son amante. Elle lui agrippa les cheveux pour le plaquer un peu plus contre elle...

Il allait être bientôt midi quand une envie vorace de l'autre les réveilla. D'un commun accord, ils se rendirent sous la douche. Initialement, pour se laver. Pratiquement... L'eau fut la complice voyeuse de nouveaux jeux sensuels.
Quand ils arrivèrent dans la salle de restaurant bondée, tous les regards se tournèrent vers eux. Leurs visages s'empourprèrent, ils avaient l'impression d'être descendus nus ou accoutrés bizarrement tant les personnes présentes les dévisageaient avec une certaine acidité.
Ceci ne les empêcha pas d'apprécier enfin un bon repas et de décider de se rendre à Bricquebec où se tenait encore un fort beau château médiéval.

Durant cette visite, Malik passa son temps à regarder Émilie, qui semblait être retombée en enfance. Curieuse, elle voulait tout connaître, que ce soit des dates et événements qui avaient nourri l'histoire de l'endroit. Tout l'intéressait. Pas seulement les objets usuels dispersés au fil des pièces. Pas seulement les meubles dont elle effleurait la marqueterie, les tentures et autres rideaux dont elle appréciait le type de fils ou le denier. Pas seulement la rugosité ou la douceur des pierres. Mais aussi, les fleurs et plantes qu'elle rencontrait, posant entre ses doigts fins feuilles et pétales, humant les yeux fermés la fragrance parfois évaporée de chaque essence. Elle semblait ainsi connectée avec chaque chose. Dans ces moments-là, d'aucun aurait misé une pièce sur une folie passagère, alors que lui la trouvait belle et lumineuse. Quasi divine. Des ondes bienfaisantes émanaient de son visage blanc et de ses grands yeux verts. Malik se sentait privilégié de pouvoir vivre de tels instants.

Avant de repartir, Émilie lui proposa de rester dîner au restaurant du château. Ce que Malik accepta tant il voulait que son amante se sentît bien en tous points. Et puis, se restaurer dans un tel lieu constituait pour lui un joli pied de nez aux mal-pensants.

De retour à l'hôtel, ils demandèrent qu'on leur serve le petit déjeuner en chambre. Ils montèrent. Se déshabillèrent. Firent l'amour. Et s'endormirent allongés sur le sol, l'un contre l'autre en position fœtale, emmitouflés dans un drap.

Ils furent tirés de leur sommeil, par un discret raclement de gorge et la voix d'Isabelle qui venait d'entrer dans la chambre avec le petit déjeuner. Ils avaient oublié de mettre le petit panneau « Ne pas déranger »... Ils en rirent et la remercièrent. Elle sortit avec un sourire complice. Ils se regardèrent, rirent de nouveau aux éclats, s'embrassèrent... Le café était froid quand ils le burent.

L'heure du départ et la fin du week-end étaient arrivés. Malik prit dans sa trousse de toilette un petit canif marqué d'un insigne militaire arborant un lion « de sable ». Il invita Émilie à inscrire leurs initiales et la date sur le rebord de la fenêtre de leur chambre. Émilie semblait émue par cette inscription « E+M 03/05/15 ». Ils prirent leurs bagages, ouvrirent la porte et se retournèrent ensemble vers la chambre vide. Un frisson parcourut leurs mains enlacées. Et ils partirent avec, dans le rétroviseur, l'hôtel qui avait su si bien leur faire oublier leurs ennuis. Malik ne put s'empêcher de ressentir une légère tristesse. La sensation bizarre qu'il laissait là des heures qu'il ne revivrait pas de sitôt.

À mi-parcours, une notification de SMS se fit entendre. Cela venait du côté d'Émilie. Tout en restant attentif à sa conduite, Malik jeta un bref regard vers elle, qui farfouillait dans son sac et s'activait sur son portable. Après lecture, elle lui expliqua ce dont il retournait :

— C'est ma tante. Elle me demande comment je vais et me propose de m'héberger chez elle à Challans le temps que je retrouve du travail. Elle est vraiment adorable...
— En effet, confirma Malik d'un ton grave, laissant peu de place à une poursuite de conversation.

Il n'aimait pas cette proposition, car Émilie allait partir et la distance n'était pas la meilleure compagne des sentiments...

Tandis qu'ils roulaient dans un silence couvert par la musique de l'autoradio, Malik esquiva un mouvement de tête vers sa droite et vit qu'Émilie pleurait. Alors il lui dit sur une tonalité très douce et emplie d'émotion contenue, mais sans un regard vers elle :
— J'ai passé avec toi des heures inoubliables. Inattendues. Au-delà de ce que je pensais ressentir. Mais, c'est soudain. J'ai comme un sentiment bizarre en moi... Là, nous rentrons sur Paris. J'ai ma vie bien installée. Et il y a toi. En transition. Sache que je comprends. Prends le temps qu'il faut. Fais le point. Débarrasse-toi de ton poids. Et si jamais tu ressens ce que je ressens, si jamais tu as toi aussi entendu ce que nos yeux, nos mains, nos bouches, nos sexes se sont dit, alors tu sais que je serai là. Pour toi.

Émilie le regarda avec une infinie tendresse et lui déposa un baiser sur la joue, qui dura longtemps. Une petite éternité de douceur qui emplit le cœur de Malik. Plus un mot ne fut échangé jusqu'à l'arrivée devant l'immeuble de l'amie d'Émilie.

Au moment de se quitter, Malik se tapa sur le front et s'exclama : « Attends, attends, ne monte pas. J'ai oublié de te donner un truc... ». Il retourna à sa voiture et revint avec trois brins de muguet fanés. Émilie les prit délicatement, regarda Malik et lui lança avec un sourire :
— C'était donc cela ce parfum dans la voiture, je ne comprenais pas d'où il venait... Merci, Malik, c'est adorable d'y avoir pensé. On s'appelle demain ?
— Bien sûr, Émilie, bien sûr que je t'appelle. Ou tu m'appelles. Quand tu veux. Tu ne crois quand même pas que si tu pars en Vendée, tu vas te débarrasser de moi...

Pour la deuxième fois, il resta en bas. Ils n'avaient pas la force et pas les mots. Seuls leurs regards et leurs baisers surent exprimer ce que leur cœur taisait : « Putain de bordel, ce que tu vas me manquer ! ».

Malik arriva à son immeuble, monta chez lui, entra dans l'appartement, jeta son sac et ses clefs par terre, se dirigea vers sa chambre, enleva son polo bleu marine, régla l'horloge de son portable sur

« 06:50 AM » et s'écroula sur son lit, terrassé par toutes les émotions qu'il venait de vivre.

07

Il était 09h15 quand Malik ouvrit les yeux, étendit les bras, se redressa et sauta de son lit. Il avait dormi plus de douze heures. Il avait faim. Et pourtant, il se sentait nauséeux. Il attrapa son téléphone pour prendre, comme proposé, des nouvelles de son père.

— Bonjour. Unité des soins palliatifs du CHU Ambroise Paré, je vous écoute ?

— Allô ? Bonjour, c'est monsieur Malik Bonde, je vous rappelle suite à votre message de samedi concernant l'amélioration de la santé de mon père...

— Bonjour, Monsieur Bonde. Effectivement, je vois que vous avez été appelé. Ne quittez pas, je transfère votre appel au service de coordination.

— Heu... Bien, j'attends...

Malik supportait mal ce côté procédurier, mécanique, du traitement des appels.

— Monsieur Bonde ? Bonjour, je suis Sonia Palachek, je m'occupe de l'accompagnement des familles. Vous êtes bien le fils de Fabien Bonde, chambre 2312 ? lui demanda une voix un peu rocailleuse.

— Heu... Oui, c'est bien moi. Que se passe-t-il ? répondit-il avec beaucoup d'appréhension.
— Monsieur Bonde, avez-vous la possibilité de venir à l'hôpital ce matin ?
— Heu ... Oui, mais pourquoi ? Son cœur s'affola en posant la question.
— Venez vite, ce sera mieux. À tout de suite...

Le téléphone émit une longue pause avant de faire retentir le signal de ligne occupée.

Malik sentit ses jambes flageoler. Il s'assit par terre sur les marches d'escaliers de sa chambre mezzanine. Son visage, masque de cire blême, était étrangement calme. En revanche, le tremblement de ses mains trahissait les pensées confuses qui l'agitaient. Quoi faire ? Dans quel ordre ? Prendre une douche puis un café. Appeler Jean-Stéphane et poser sa journée. Aller à l'hôpital. Improviser. Faire face, quelle que soit la nouvelle qu'il apprendrait. Et Émilie ?

Une heure plus tard, il déambulait dans les couloirs austères et froids du Centre hospitalier universitaire Ambroise Paré à la recherche de l'unité des soins palliatifs. Affolé, il ne reconnaissait plus les lieux. Il vit au loin André, ami et collègue de longue date de son père, courbé sur son fauteuil, la tête entre les mains. Malik se mit à courir, glissa aux pieds de cet « ami frère » et le prit dans ses bras... Il avait sale mine, les traits tirés. Des cernes lui creusaient et lui gonflaient les yeux. La cornée rougie, la pupille et l'iris dilatés témoignaient de sa fatigue et de l'absorption d'alcool. Il devait être là depuis deux jours. Sa longue tignasse blanche s'étalait follement sur ses épaules, il arborait une barbe pas taillée et ses vêtements sentaient la sueur. André se dégagea de l'étreinte amicale, posa ses mains sur les épaules de Malik ainsi qu'un regard empli d'une immense tristesse, et lui murmura en bégayant : « Ton... Ton... Papa... a rejoint ta maman... Je... Je suis désolé. Tellement désolé, mon petit Malik. Va falloir... que tu sois fort. » Malik ne s'attendait pas à ces mots. Il avait espéré que ce ne soit qu'une rechute.

Des pas se rapprochèrent d'eux et un grand type d'une cinquantaine d'années s'adressa à eux :

— Bonjour, je suis le docteur Morgenstern. Je vous prie, Messieurs, de recevoir en mon nom et en celui de toute l'équipe, toutes nos condoléances pour le décès de Monsieur Bonde. Je sais que les mots sont bien inutiles dans une telle situation, mais sachez que votre père n'a pas souffert. Il est parti tranquillement sous l'effet de la morphine, leur dit-il d'une voix monocorde avant que Malik ne l'interrompe.

— Mais... Mais... Docteur, j'ai reçu un appel de votre unité samedi, pour me dire que tout allait mieux...

— C'est ennuyeux que l'on vous ait transmis cette information. J'ai là son dossier... Voyons... Ha ! oui... Effectivement, les constantes de monsieur Bonde étaient meilleures lors de la visite de contrôle de 16 heures. Dimanche, constantes égales. Voilà, nous y sommes... Ce matin à 06h44, l'alarme de la chambre 2312 a été déclenchée. L'équipe est intervenue rapidement, sécurisant l'environnement immédiat du patient. Le docteur Toussaint avec professionnalisme a tout de suite pris en compte la situation. Votre père a eu une crise respiratoire... Tentative de le calmer... Convulsions... Crise d'étouffement... Et... Attendez voir... Non, c'est pas ça... Ah ! voilà. Diagnostic : rupture d'anévrisme suite à un choc respiratoire. Cette rupture est responsable du décès du patient, constaté à 06h59. D'après le rapport, l'ensemble du protocole a été respecté. C'est tout ce que je peux vous dire. Si vous le souhaitez, vous disposez d'un espace de repos et vous avez la possibilité d'être reçu par notre spécialiste de l'accompagnement des familles. J'ai donné des instructions pour que le certificat médical de constatation de décès soit rédigé et transmis au plus vite. Une infirmière va venir vous aider pour la suite, notamment pour la restitution des effets de votre père et la déclaration en mairie. Je dois vous laisser. Au revoir et bon courage à vous, Messieurs.

Morgenstern leur tendit une main moite et flottante, et s'en retourna dans le couloir.

La suite de la matinée fut une succession de démarches administratives. Malik et André prirent juste un sandwich qu'aucun des deux ne finit. Ils ne se parlaient quasiment pas, sauf pour décider de telle ou telle option. Fabien Bonde serait incinéré au cimetière du Père Lachaise. L'avis de décès serait publié dans le Figaro. Ils envoyèrent des SMS aux proches de Fabien Bonde : la Tatie Josiane, Antoine et Ghislaine Favre les voisins et... ce fut tout. Pas de télégramme à la belle-famille. De toute manière, elle n'avait pas été prévenue non plus à la mort de la mère de Malik.

Ce fut en se rendant aux toilettes de l'hôpital pour se passer un peu d'eau sur le visage que Malik pensa à Émilie. Une pensée contradictoire. Mélange d'envie qu'elle soit là et de certitude de ne pas vouloir de sa présence.

Il prit sa semaine pour faire face à la situation. Il était dans un état second. Il agissait par automatismes. Par réflexes. L'incinération aurait lieu le lendemain. Pour Émilie, il aurait voulu lui dire. Partager. Avoir quelqu'un qui lui tienne la main.

Elle n'avait pas connu M. Bonde, donc sauf par sympathie pour Malik, venir n'avait pas d'importance pour elle. Il voyait les choses ainsi. Ne pas infliger aux autres plus de douleur que nécessaire. Mais il le lui dirait dans quelques jours. Quand la tension serait retombée. Son père laissait un vide. Malik était désormais le dernier maillon de la chaîne. Pas de descendance. Pas de Bonde connu pour poursuivre l'aventure. Il n'en serait jamais question. Tout du moins pour Malik.

Il était 14h15 quand l'interphone de son appartement sonna. Malik décrocha, demanda « Qui c'est ? », entendit « Sophie. Je peux monter ? », répondit « Oui », appuya sur le bouton d'ouverture et raccrocha le combiné. Soixante douze secondes plus tard, sa collègue passait le seuil d'entrée, laissant dans le couloir des effluves d'Angel de Mugler. « Putain, je déteste ce parfum », pensa Malik en l'invitant à se rendre au salon.

— Ça va, toi ? Pas trop dur ? lui demanda-t-elle d'un ton compatissant.
— Comme un gars qui vient de perdre son père et qui se sent dans le coaltar, répondit-il

impassible. Vas y installe toi dans le canapé. Tu connais la maison.

— Merci. T'aurais pu m'appeler. C'est Jean-Stéphane qui m'a avertie. Mais je ne t'en veux pas. T'avais tellement de choses à penser, mon pauvre Malik, fit-elle en se rapprochant de lui et en lui prenant la main, main que le jeune homme retira de suite. Bon, Malik, si je suis venue, c'est pour te dire que tu peux compter sur moi. J'ai réfléchi ces derniers jours. Je n'ai pas osé t'appeler, mais j'ai beaucoup pensé à toi, à nous, à notre relation. On s'entend bien, nous avons beaucoup de choses en commun...

Malik la regardait agiter ses lèvres pour sortir des conneries, de grosses platitudes. Il sentait une entourloupe ou qu'elle n'allait pas tarder à lui demander un truc. « ... Tu te souviens de ce film formidable qui nous avait fait pleurer... » Elle avait intérêt à pas le faire chier car il n'était pas d'humeur. Il n'arrivait même pas à la trouver sexy avec sa jupe « ras la touffe », remontée sur des jambes fraîchement épilées ; moins de tissu, ça aurait été une culotte. D'ailleurs, Malik doutait qu'elle en portât une. Et puis ce chemisier vieux rose très légèrement opaque, trois boutons défaits, que sa généreuse poitrine tendait sans soutien gorge. « ... et ce restaurant de fruits de mer à

Honfleur, le rire que nous avions eu en voyant la braguette ouverte du serveur... ». Malik sentait le piège. Si elle était venue pour se faire sauter, elle aurait attaqué de façon plus directe. Clairement, elle voulait lui demander un truc. Sa voix était trop mielleuse. « ... nous allons avoir un enfant, Malik, c'est pas formidable ? ». Et là, Malik arrêta de penser... Le piège venait de se refermer.

— Attends, attends, deux secondes. Tu peux rembobiner et me répéter ce que tu viens de dire ? s'exclama-t-il en se levant.
— Tu vas être père. Je sais cela tombe mal. Mais c'est le cycle de la vie. Une vie s'éteint...
— Ta gueule ! On n'est pas dans une pub pour eau minérale. Écoute moi bien, je ne vais pas être père et tu sais pourquoi ? Malik se tenait devant elle, les poings serrés.
— Parce que tu n'en veux pas ? étouffa Sophie au bord des larmes.
— Bien sûr que je n'en veux pas. Et pour trois raisons : d'une, je ne t'aime pas ; de deux, t'étais sensée prendre la pilule puisqu'avec nos tests on pouvait baiser à découvert ; de trois, et cela, je ne te l'avais pas dit : je suis stérile. Alors, ton chiard, tu peux l'avoir mais ce sera seule ou avec un autre... Comme tu me l'as rappelé la semaine dernière : *Nous sommes adultes et intelligents, donc on va gérer*. Ben voila, je gère. Si t'as soif ou besoin

de pisser ou de vomir, fais ce que t'as à faire et dégage.

Il était 14h22 quand la porte claqua et que les Louboutin martelèrent le parquet de l'escalier. A ce moment, le téléphone vibra...
— Émilie ? fit Malik un peu décontenancé...
— Bonjour Malik. Je ne te dérange pas ?
— Non, pas du tout, c'est bien que tu m'appelles, répliqua Malik en ressentant immédiatement un début d'apaisement après les évènements de la matinée.
— Je... Je ne sais pas comment t'annoncer ça... Tu l'avais deviné hier, mais je ne pensais pas que les événements s'enchaîneraient aussi vite... Ma tante m'a appelée ce matin. J'ai rendez-vous à Challans avec le directeur du *Courrier vendéen* mercredi matin. Je dois partir demain...
— Haaaa... si vite ? Je suppose que tu ne peux pas faire autrement, c'est con... fit remarquer Malik sur un ton faussement compatissant tout en pensant « Bam, dans ta gueule, mon pote. Direct dans les côtes, crochet du droit à la mâchoire. Te relève pas, profites-en pour dormir »
— Oui... Je ne peux pas me permettre de refuser cette offre, malheureusement.

— Comme je te l'ai dit : Prends le temps qu'il faut. Fais le point. Mais, la proposition est vraiment intéressante ?
— Je devrais diriger la rubrique mode. C'est la première fois qu'on veut me confier un tel poste. Finies les piges ! Enfin un vrai boulot !
— C'est génial pour toi. Ça fait plaisir. C'est sur quelle ligne de métro la station « Challans » ? Haaa... faut prendre le train...

Bien que rassurante et teintée d'humour, la réponse de Malik ne rendait pas compte du trouble qui était le sien à l'idée du départ si précipité d'Émilie. Refusant ce fait, Malik proposa à son amie de venir dîner le soir même.

— J'habite au 11, rue Keller, dans le Onzième. Tu verras, c'est entre "Manga toys" et "Indian Rocks". Au fait, tu pars comment et vers quelle heure demain ?
— C'est bon, j'ai noté. Je devrais trouver avec ces précisions. Je prends le train de 9h54 à Montparnasse.
— J'ai pris quelques jours pour régler mes affaires. Mais je peux t'accompagner à la gare. Enfin, sauf si tu veux te réveiller avec ta copine. Mais je ne te cache pas que...
— Comme Caro n'est pas bisexuelle, autant être avec toi, glissa Émilie. Tu me diras ce qui t'arrive... Si tu veux, bien sûr...

— Hummm... Caro, pas bi. OK, mais toi ? Je sens qu'on aura des trucs à se dire, va falloir approfondir certains sujets... Bon, pour mes affaires, je verrai, faut que je fasse le tri. Rien à voir avec toi. Pas simple de faire face. Je crois qu'on a tous des merdes qu'on ne veut pas étaler sur la gueule de l'autre, non ?
— Certes, mais parfois, on est toujours plus efficaces à deux !
— J'aime bien ton association entre "parfois" et "toujours", fit remarquer Malik en souriant. Et il ajouta : parfois j'aimerais que certaines choses durent toujours.
— Comme ce week-end...
— C'est sympa l'image d'un week-end qui dure toujours. Genre le lundi matin deviendrait un samedi matin, avec la mémoire effacée, sauf du désir de l'autre. Bon, sur cette image agréable, si je ne veux pas t'accueillir dans mon bordel, je vais ranger un peu...

Ils raccrochèrent après s'être avoué qu'ils se manquaient l'un à l'autre. Malik regarda sa montre et son appartement. Puis son réfrigérateur. Il en conclut, après ce rapide balayage, qu'il lui restait deux heures et quarante-cinq minutes pour rassembler les documents concernant le décès de son père – « Ne rien laisser trainer qui puisse éveiller la curiosité d'Émilie »-, rendre l'appart présentable, passer l'aspirateur, changer les draps, passer un coup dans la salle de bains et aller faire quelques courses pour préparer le dîner...

Deux heures et trente-sept minutes plus tard, Malik avait tout rangé impeccablement. « Peut-être trop, c'est pas crédible, je vais passer pour un vieux garçon maniaque ». Il était revenu de la supérette de la rue de la Roquette le sac chargé de deux avocats, un poivron rouge, quelques échalotes, un petit pot de crème, d'un peu de saumon frais en morceaux et quelques tranches fumées, de tagliatelles fraîches, d'une bouteille de téquila et une autre de Menetou-Salon blanc 2012. Il était également passé par la boulangerie et avait acheté deux tartelettes citron gingembre aux éclats de pistache. Il eut également le temps de prendre une douche. Il venait à peine de redescendre quand l'interphone sonna. « Malik, c'est Émilie ». Il lui indiqua le quatrième étage, deuxième gauche, donc. Il ouvrit la porte et attendit. Ce qui lui parut bien plus long que d'habitude.

Elle apparut dans l'entrebâillement de l'ascenseur, tout simplement belle, avec son fin visage souriant qu'auréolait une chevelure brune en liberté. Malik saisit les deux sacs, ce qui devenait une sorte d'habitude, l'invita à pénétrer dans son « humble tanière de vieux loup solitaire » et en oublia de la lui faire visiter, bien qu'il remarquât qu'Émilie levait les yeux un peu partout. Malik s'était acheté, à crédit, deux appartements, un deux pièces et un studio, qu'il avait entièrement réaménagés pour en faire cet appartement sur deux étages très ouvert. L'entrée donnait sur un large espace lumineux d'Est en Ouest, composé d'un salon, d'une salle à manger jouxtant une cuisine américaine. Enfin, les toilettes, type placard à balais, étaient accessibles par la cuisine, ce qui permettait de se laver les mains assez rapidement. Pas de plantes, Malik n'ayant pas du tout les pouces verts. De toute manière, il avait décidé que tout serait en noir et blanc. Sobre, mais pas clinique. Et puis, c'était bien connu, le noir, ça allait avec tout. Surtout avec lui.

À l'étage, la chambre et la salle de bains. Bien que célibataire, ce que son dossier fiscal mentionnait, il avait tenu à ce qu'il y ait deux vasques, et une baignoire-douche, ce qui permettait en fonction des envies ou du temps disponible d'utiliser l'une ou l'autre. Ainsi, son appartement était essentiellement fonctionnel. Il avait tout en termes d'équipements et de confort, cependant l'ensemble donnait plus l'impression d'être un appartement témoin ou provenant des surfaces aménagées par un architecte d'intérieur suédois pour les magasins bleu et jaune. Rien de réellement personnel. A part le soin apporté à chaque détail et cinq objets répandus ici et là : au-dessus de son lit, un poster de James Stewart scrutant des escaliers provenant d'une scène de *Sueurs froides*, un autre de Blacksad dans une rue de New-York, numéroté et dédicacé par Guarnido, fixé au mur du salon, deux bustes en résine reposant sur un buffet, le premier représentant aussi Blacksad et le second Ezio, personnage principal du jeu vidéo *Assassin's creed*. Et enfin, ce petit cadre 18 x 13 cm, qui contenait la photo de sa mère et de son frère. « Il faudra que j'en trouve une avec papa, maintenant qu'il les a rejoints », avait il songé en passant le plumeau dessus une heure plus tôt.

Malik avait fait le tour du propriétaire avec un ton froid et quasi mécanique, même si ses yeux trahissaient un désir ardent pour son invitée. Désir qui fut vite concrétisé dès qu'Émilie se fut approchée pour lui décocher un baiser qui ne cachait rien de sa voracité. Les vêtements tombèrent et les draps parfaitement repassés ne furent plus qu'un souvenir. Malik était comme possédé par son envie de la jeune femme ; le cerveau se débranchait tout seul dès lors qu'Émilie était dans son champ de vision, à portée de voix, de doigts et de bouche ; plus rien ne comptait que de donner et recevoir, prendre et rendre, découvrir inlassablement chaque parcelle de ce corps qui frémissait sous ses caresses, laisser vagabonder ceux de sa partenaire à la recherche de ces zones particulières qui faisaient tendre ses muscles et raffermir son sexe. La fatigue, bien que présente, n'était qu'une compagne permettant de reprendre des forces pour continuer ces joutes dont les deux antagonistes sortaient vainqueurs, et dont la sueur partagée devenait cette liqueur aphrodisiaque qui leur permettait de reprendre de plus belle leurs assauts charnels et sensoriels. « Baiser » n'était plus dès lors un acte égocentré, mais bien une libération salvatrice menée à deux. Un acte de partage et d'enrichissement sensuel, dénué de morale et de tabous, puisque fait dans le respect et l'envie de chacun. Malik n'était plus seul dans le corps d'Émilie. Il avait un autre but que lui-même. Il était pour l'autre, entièrement dédié à faire briller les yeux de sa partenaire, à devenir sa respiration et son rythme cardiaque, à n'être plus qu'une seule et même idée de plaisir absolu, débarrassée de tout autre sens et de toute pensée.

Avec Émilie, Malik ressentait une sensation d'éternité instantanée, violente et prolongée, une sorte d'implosion lente, chaude, électrique, solaire, *big crunch* interne et pourtant si merveilleusement uni à l'autre par des ondes invisibles, qui se répondent par vagues incessantes. Marées charnelles et mentales... Un univers à deux, parallèle au monde qui les entourait.

Quand ils reprirent leurs esprits, le corps lourd et l'esprit brumeux, et après une douche rapide, ils descendirent, prudemment et nus, les escaliers et allèrent vers le coin salon.

Malik quitta son invitée quelques instants, le temps d'aller chercher de quoi se restaurer. Il revint avec un plateau, sur lequel se trouvaient un petit bol de laque noire contenant les morceaux de citron vert, deux petits verres à liqueur, une salière de table, une assiette creuse avec du guacamole et quelques tortillas, ainsi qu'une bouteille de téquila. Malik remplit les verres et d'un geste expert, il passa sa langue entre son pouce et son index, saupoudra de sel, lécha, écrasa un morceau de citron entre ses dents et bu d'un seul trait l'alcool mexicain. Émilie fit de même et s'empourpra, tout en manifestant un soupçon de plaisir malgré l'acide et brûlant mélange qu'elle venait avaler.

Malik était de nouveau distant tout en étant prévenant. À la fois complètement disponible et pourtant absent. Son regard était dans le vague alors que la position de son corps était en direction d'Émilie, la tête, le buste et les épaules en avant. Après quelques mots, portant principalement sur les travaux et la décoration de l'appartement, Malik alla préparer la suite du dîner. Il sourit en voyant que les yeux d'Émilie brillaient sous l'effet du vin blanc et se réjouit qu'elle appréciât autant les pâtes.

Il ne savait pas cuisiner grand-chose, mais le peu, il le faisait bien. Tout du moins avait-il la naïveté de le penser dans la mesure où il n'avait empoisonné personne et que plusieurs convives étaient même revenus. Après avoir débarrassé la table basse, et ce malgré une nouvelle envie de faire l'amour, Malik proposa de regarder un DVD. Il se dirigea vers un mur blanc à l'opposé du coin télé et fit glisser un panneau qui laissa la place à une bibliothèque, largement garnie de livres et de bandes dessinées. Il y avait également un ordinateur, qu'il alluma. Après avoir ouvert le répertoire « Vidéos », il demanda à Émilie ce qu'elle souhaitait voir. La jeune femme n'ayant pas d'idée précise, il proposa *Moulin rouge* avec Kidman et McGregor, ce qu'Émilie accepta avec empressement. Il alluma le large écran de télévision accroché au mur, sélectionna « Mediacenter » dans les sources et envoya le film. Il rejoignit Émilie sur le canapé.

La jeune femme posa sa tête sur le buste de Malik et tout naturellement sa main sur son sexe. Durant tout le film, ils ne parlèrent pas. Seuls leurs corps transmettaient ce qu'ils ressentaient l'un et l'autre. Ils furent gagnés par la virtuosité de la séquence du tango, enivrés par la musique et le rythme visuel de la scène, leurs corps se retrouvèrent. Émilie chevaucha Malik lascivement. Leur étreinte fut courte et intense. Et l'endorphine libérée eut enfin raison d'eux. Ils peinèrent à rejoindre le lit et tombèrent de tout leur long, l'un contre l'autre.

Vers six heures, alors que la nuit déposait encore son ombre striée par les stores dans la chambre, Malik sentit Émilie le caresser. Il lui répondit de la même manière. Pourtant, il y eut dans leur échange une frénésie d'une autre intensité, comme une vague qui se fracasse contre un rocher pour ne pas repartir. Quelque chose de désespéré, comme si cette étreinte pouvait être la dernière, qu'elle devait concentrer tout l'amour qui était le leur pour que ce souvenir puisse les faire vivre à jamais. Ils jouirent ensemble. Émilie versa une larme malgré elle. Malik fut pris de frissons et son regard se figea.

La suite de ce réveil se déroula en silence, quasi machinalement, au radar. Ils prirent leur douche séparément. Ils s'habillèrent sans vraiment se regarder. Pas par habitude. Juste par tristesse. Ils partirent vers Montparnasse, le panneau d'affichage annonçait déjà la voie qu'il fallait rejoindre. Le Paris-Nantes était à quai. Émilie prit la main de Malik et le regarda :

— Tu sais, tu aurais pu me confier ta douleur... lâcha Émilie avec une pointe de regret.
— Je sais, oui. Mais je ne voulais pas gâcher notre soirée. Peut-être qu'un jour... concéda-t-il.
— Oui, un jour peut-être... Bientôt j'espère.

Ils s'enlacèrent une dernière fois. Ils se quittèrent difficilement. Émilie monta dans le train, agita un au-revoir de la main et lui envoya un baiser. Il la suivit du regard, s'esquintant la rétine à feinter l'opacité des vitres encrassées du TGV. Son cœur lui faisait mal, ses glandes lacrymales le brûlaient, il avait de nouveau envie de crier. Pas de joie comme la première fois, après avoir raccompagné Émilie. Juste un cri long et érayé. Comme un morceau de craie neuve sur le tableau noir de ses envies. Parce qu'elle partait, et qu'il ne savait pas quand il la reverrait. Et qu'il ne lui avait rien dit, qu'il avait été distant sauf dans les joies et les jeux du corps. Il aurait dû lui dire pour son père, qu'elle comprenne.

Lui dire aussi et surtout, que depuis qu'elle était entrée dans sa vie, il ne voulait plus la laisser en sortir.

* * *

Les heures qui suivirent furent un long calvaire. Il expédia le rendez-vous avec les Pompes funèbres, confirma le rendez-vous avec le notaire pour 10 heures le lendemain. Il appela Jean-Stéphane pour prolonger son congé, et se rendit chez son père pour faire un peu de rangement. C'est devant le secrétaire en bois du salon, là où son père remplissait ses feuilles d'imposition ou rédigeait ses courriers administratifs, la tasse de café fumant à ses côtés, que Malik décida d'écrire les mots qu'ils prononceraient plus tard.

Il prit quelques feuilles A4, sortit son stylo plume Récife en laque noire et se mit à aligner des mots, à les raturer, à les reprendre. D'énervement, il froissa les feuillets. Les mots sonnaient creux, faux et futiles. Trouver le ton juste, sans mensonge ni louange. Essayer, presque vainement, de saisir la vérité de l'Homme, du collègue, de l'ami, du mari et du père. Exercice difficile, quasi impossible. Beaucoup d'images et de paroles se bousculaient dans la mémoire de Malik, de regrets aussi. Notamment celui de ne pas avoir eu le temps de lui présenter Émilie. Enfin, il se remit à écrire d'un trait, la main leste et sauvage, à l'instinct, comme un derviche tourneur en transe.

Il rentra chez lui exténué moralement. Il était 21h30. Il se servit un verre à moutarde de tequila qu'il vida d'un trait, se tapa le poitrail pour calmer la brûlure qu'il venait de ressentir et consulta son portable. Il avait reçu trois SMS.

Le premier provenait d'Omar, son meilleur ami : « Slt mec. Donne-moi l'heure et l'adresse pour 2 m 1. Je fais suivre aux autres. app moi si besoin. Je t'm mon pote ». Il lui répondit : « 14h30 – crématorium du Père Lachaise. Rdv à l'entrée. »

Le deuxième était d'Émilie : « Hello Malik. Bien arrivée. Sandra adorable. Bien installée. Tu fais chier. Tu me manques. App moi si tu peux, si tu veux. Faim de toi. Je te kiss. Je t'... ». Il lui envoya : "Em. Tu me manques. J'ai pris quelques jours supplémentaires pour régler mes affaires. Content pour toi. Je croise les doigts pour ton entretien. App moi ou écris moi dqp pour me dire comment ça s'est passé. Moi aussi je t'...»

Le dernier de Sophie : « Enfouaré. Le cout de la stérélitée. Je le crot pa. Faut kon parle. Tu peu pa me laisser tomber kome sa. Va falloir assumé.» Frénétiquement, Malik lui renvoya le message suivant : « Chère Sophie. Je t'enverrai un spermogramme certifié. Nous ne parlerons pas. Pour rappel, c'est toi qui m'as laissé tomber, mais la mémoire se détériore peut-être avec la grossesse. J'assume pleinement ce que j'ai dit ; D'ailleurs, je vais t'aider : pour le père, as-tu pensé à demander le listing des invités de la partouze des de la Mornay ? En termes de date, cela pourrait coller. Bonne recherche et bonne continuation. »

Il se déshabilla dans l'escalier, laissant choir ses fringues au fil de la montée. La téquila faisait son effet. Juste avant de tomber, il vérifia son alarme de réveil. 07:50 am. Parfait. Il s'endormit.

06

« Bonjour Monsieur Bonde. Comme vous le savez, vous êtes l'unique héritier de votre père. J'ai procédé à l'ouverture de son testament lundi dernier et j'ai consigné dans un procès-verbal son contenu, son apparence, les circonstances dans lesquelles il m'avait été transmis. J'ai conservé le procès-verbal de cette ouverture dans mes archives, avec l'original du testament, que voici. Bien évidemment, j'en ai adressé une copie au Tribunal de Grande Instance de Nanterre, territorialement compétent pour la succession de votre père qui habite Bois-Colombes. Comme votre père était prévoyant, l'ensemble de ses avoirs est connu... »

La suite ne fut qu'une longue litanie de termes abscons parmi lesquels Malik put néanmoins déceler que son père lui laissait une maison de soixante mètres carrés à La Bernerie-en-Retz, charmant village au Sud de Pornic, qui était louée depuis pas mal d'années à un certain Mussaud ; 7 653 euros sur le compte courant, 15 387 euros sur un livret A et surtout une assurance vie d'un million deux cent cinquante mille euros, dès lors que son décès faisait suite à une erreur médicale. Assurance vie dont le montant était ramené à 375 000 euros en cas de mort naturelle... Le terme était savoureux, même si les propos de Morgenstern lui revenaient en mémoire avec une acuité toute particulière. L'insistance avec laquelle il avait marqué le professionnalisme du docteur Toussaint n'était donc pas le témoignage d'un appui confraternel, mais bien une protection en cas de suite juridique et/ou d'enquête d'assurances. Pour l'heure, Malik se foutait du montant exact. Il avait de quoi voir venir. Voire même, le cas échéant, de tout plaquer. Néanmoins, après avoir réglé les honoraires, envisagé la suite et pris congé du notaire, il appela l'assurance pour connaître les démarches à entreprendre. Il lui fut confirmé qu'un expert était passé mardi et avait constaté que les protocoles avaient été respectés et qu'aucune erreur médicale n'avait été commise. En tant qu'unique bénéficiaire mentionné sur le contrat, la somme lui serait versée « dans un délai d'un mois dès réception des différentes pièces, conformément à la loi du 17 décembre 2007 qui avait modifié l'article L. 132-23-1 du Code des assurances »... Vive la bureaucratie et son mille-feuille législatif. Et puis quand on a perdu quelqu'un pour toujours, on n'est plus à quelques semaines près...

Il regagna son domicile pour se changer. Il était 13h53 quand il claqua la porte de son appartement pour se rendre au Père Lachaise, en serrant dans son poing une clé USB. Quand il arriva, il se rendit au crématorium et donna à l'officier la clé qui contenait un mp3 de la Sérénade D954 de Franz Schubert. « Voilà, c'est la version que mon père aimait. Celle interprétée par Camille Thomas et Béatrice Berrut au Palais des Beaux-Arts de Bruxelles, le 5 juin 2011. Vous la mettrez quand j'aurai fini, s'il-vous-plaît. »

Tout était déjà prêt et minuté. Il sortit de la salle, poussa les portes en verre et les vit en haut des escaliers : André, Josiane, Antoine et Ghislaine Favre, et ses copains, ses compagnons de toujours, Sabine, Céline, Déborah, Fatoumata, David, Alexandre et bien sûr Omar. Il monta, les embrassa tous. Ses yeux secs répondant à ceux humides de ses amis, fidèles de toujours, déjà présents il y a douze ans. Malik leur fit signe de descendre pour rejoindre la salle funéraire.

Le cercueil se tenait là, entouré de fleurs blanches et rouges, avec une bougie sur un trépied noir qui projetait sa lueur vacillante sur le vernis du cercueil. On aurait dit qu'une petite fée dansait sur le coffret de bois. L'officier du crématorium, après les phrases convenues, invita Malik à prendre la parole. Ce dernier se leva, jeta un regard à Omar, puis à Josiane. S'avança jusqu'au pupitre, tira de la poche intérieure de son costume anthracite quelques feuillets, les déplia, passa deux fois sa main dessus pour les défroisser, plaça correctement les deux micros devant lui à distance suffisante pour pouvoir s'exprimer tout en se tenant droit. Il regarda de nouveau Omar, qui lui adressa un sourire tremblant tandis qu'une larme coulait sur sa joue d'ébène. Malik respira profondément :

— Voilà, c'est à moi. Comme vous le savez, écrire n'est pas mon fort. Alors j'ai écris comme ça venait. Six pages en instantané. A la main. Du coup, je n'arrive plus à me relire. Alors, tant pis, je vais improviser. Ce sera décousu, bancal sans doute, mais je ne suis pas là pour vous proposer un crédit dont vous n'auriez pas besoin. Bref.

Il replia les feuillets calmement. Visage de cire. Il poursuivit :

— Pour aucun d'entre nous, c'était Monsieur Bonde. Alors, comme nous sommes entre nous, nous allons juste dire au revoir à Papa, à Fabien, à Monsieur Fabien ou encore à Fabounet... Eh ! oui, Tatie, il me l'a dit, le surnom que tu lui donnais quand vous étiez enfants. C'était pas top viril, mais la légende veut que t'ayant entendu l'appeler ainsi alors que vous alliez voir un film dont je n'ai plus le titre, une ravissante petite brune aux yeux noisettes et à la peau toujours bronzée est venue vers vous et a demandé avec une voix où se mêlait le miel et les orangers : « C'est quoi Fabounet ? ». La légende précise qu'à cet instant ton frère est tombé amoureux de ma mère.

Je pourrais raconter d'autres légendes, d'autres histoires et placer quelques savoureuses anecdotes... Et même en inventer. Pas pour combler le vide que laisse une vie bien remplie. Mais, bon, puisque vous êtes là, Déb et Alex, autant y aller, non ? Vous souvenez-vous de cette fois où mon père est allé chercher une bouteille de Pessac-Léognan à la cave et qu'il vous a trouvés presque nus, dans une position sans équivoque pour les pratiquants d'art équestre et qu'il a balancé : « Continuez les petits, ça fait pas de mal, je remonte et vous garde deux verres. » Je me souviens que cinq minutes plus tard, vous nous quittiez le fard aux joues. Je n'ai compris pourquoi que plus tard... Quand toi, Alex, tu m'as raconté. Oui, Déborah, je sais...

C'est un fait, peu importe comment nous l'appelions, nous avons tous des souvenirs de lui et qui, même mis bout à bout, ne nous donneraient peut-être qu'une vague idée de qui était mon père. Pas plus tard que ce midi, j'ai appris que nous avions une maison du côté de Nantes. Alors, moi qui suis pourtant son fils aîné, je ne peux pas avoir la prétention de résumer en si peu de temps la vie de cet homme, qui a bravé les regards de merde ou moqueurs parce qu'il était avec une rebeuh. Qui a essuyé les brimades vachardes d'architectes, les petites mesquineries ou revendications de quelques ouvriers sur divers chantiers. Qui a consacré sa vie d'homme à rendre ma mère heureuse. Il l'a aimée jusqu'au dernier jour, sans jamais la remplacer. Il était secret et pourtant si joyeux. Il était un homme humble et fier. Droit dans ses bottes, même crottées de calcaire ou de boue. Toujours disponible pour ses amis et à l'écoute du peu d'ennemis qu'il pouvait avoir. Ennemis qui ne le restaient, d'ailleurs, jamais très longtemps... Magie d'une clope tendue, d'une bière partagée ou d'une belote gagnée...

Malik marqua une pause, regarda André, respira profondément et reprit, la voix tremblante, les poings tétanisés de trop les serrer :

— Je vais vous dire ce qui me fait le plus chier dans les mots que je vous livre. C'est d'utiliser l'imparfait... D'utiliser le passé simple... De ne plus arriver à parler de lui au présent, et encore moins au futur...Voilà, c'est ça le plus dur, de ne plus pouvoir conjuguer mon père à tous les temps de la vie. Alors Papa, toi qui ne croyais pas en Dieu, ni dans aucun autre d'ailleurs, t'es parti, je ne sais pas ce que tu es ou deviendras... Un peu de présent. Une hypothèse de futur. Peut-être rien. T'es peut-être auprès de Malika, ton épouse, ma mère, et de Mickael, ton fils, mon frère. Peut-être... Peut-être pas...

En tout cas, bordel, t'es présent... Là, dans mon cœur et dans celui de tous ceux qui sont ici. Tu es aussi un peu dans celui de toutes celles et tous ceux qui ne sont pas là. Tu es dans nos mémoires. C'est peut-être pas le Paradis, les Champs-Élysées, le Walhalla ou tout autre concept mystique pour faire accepter de ne plus être. Mais en tout cas, c'est chaud, ça frappe fort, ça tient le coup, cela ne ment pas et cela durera tant que nous serons là, pour nous souvenir. Tu seras toujours là avec nous. Présent à jamais. Plus que parfait. Je te conjuguerai, Papa. Encore et encore. Jusqu'à mon dernier souffle. Tu seras là. Ici et maintenant. Et même après...

Malik prononçait chaque mot en rupture. Comme un funambule prêt à tomber. Pourtant, toujours droit, baladant son regard sur l'assistance avec une infinie tendresse. Une main invisible, tendue pour recueillir leur tristesse.

— Papa, nous allons te laisser en musique, même si tu n'y entendais rien. Pourtant, j'ai trouvé quelque chose. Tu étais tombé sur un morceau de Schubert, un concerto pour piano et violoncelle, une sérénade. Je me souviens de ta phrase en écoutant cette musique et en regardant la violoncelliste : « C'est vrai que c'est beau ce qui peut sortir d'entre les jambes d'une femme. Tu vois, Malik, là, j'aime... Pourquoi on n'apprend pas aux gens à aimer ce qui est beau, ce qui est doux, ce qui vaut le coup d'être moins con ? ». Je ne sais pas. J'en sais rien, Papa. Mais tu m'as appris à m'aimer, à croire en moi, et c'est déjà pas mal. Alors, pars en paix. Mais reste avec nous.

Aucune larme ne coulait sur le visage de Malik. Seul un léger frémissement au coin gauche de sa bouche trahissait la douleur qui était sienne. Il s'avança et proposa à tous les invités de le rejoindre pour former une chaîne d'union autour du cercueil de son père, tandis que les premières notes de l'archet répondaient à celles du piano.

* * *

Après la cérémonie, tous allèrent chez Malik partager un verre et quelques petits fours, expression malheureuse en cette circonstance. L'ambiance était lourde, malgré les blagues d'Omar et de David. Déborah et Céline aidèrent pour le service. Tous voulaient raconter un épisode heureux, amusant ou étonnant de leur vie avec Fabien Bonde. Le genre de moment où chacun essaie de faire revenir le mort parmi les vivants.

Seul, un peu à l'écart, André regardait toute cette jeunesse, triste mais ivre de ses jeunes certitudes. Au bout d'une heure, il se leva, proposa de raccompagner les Favre et prit congé. En quittant Malik, il le prit dans ses bras, le serra très fort et lui murmura : « Pour ton père, continue d'être un bon mec. Fais pas le con... ». Malik le regarda fixement, ouvrit la bouche et ne put dire qu'un banal : « Merci André d'être venu. Papa avait de la chance d'avoir un ami comme toi. Rentre bien. Je t'appelle bientôt. ».

La porte refermée, Malik se dirigea vers le frigidaire et prit une bouteille de champagne rosé. Cette intention pouvait sembler inconvenante au regard de la situation, mais il l'expliqua simplement : « Bon, les enfants, mon père n'aurait jamais voulu que nous soyons tristes. Alors on va boire, et fumer. Céline t'as bien un peu de beuh sur toi, non ? Et on va danser et faire la fête. Alors tous à vos portables, vous me ramenez du monde ! ».

Le ballet de doigts commença frénétiquement sur les *smartphones*. SMS, invitations Facebook et Twitter avec comme *hashtag* rassembleur : #grosseteufchezmalik, tous les moyens furent bon pour organiser cette soirée improvisée. Une seule consigne : amener des victuailles, de la boisson et des ondes positives. Sabine, Fatoumata, Déborah et Alexandre partirent faire quelques emplettes, Malik prépara la musique tandis que David, Céline et Omar repositionnèrent les quelques meubles afin de créer un espace convivial capable d'accueillir un peu plus de cinquante personnes. Ils changèrent également les ampoules pour les remplacer par des bleues, des vertes et des rouges. Malik leur donna une barre de lumière noire et sa fameuse boule à facettes, vieille compagne de ses premières soirées de fin d'adolescence. Dès 19 heures les premiers invités arrivèrent. Et très vite l'alcool coula de gorge en gorge ; vins divers, téquila, rhum, gin, vodka, et herbes médicinales s'enchaînèrent au rythme des percussions, des séquenceurs, des riffs de guitares et des nappes synthétiques. Les époques musicales s'emmêlaient comme les corps et les bouches qui devenaient au fil de la soirée de plus en plus proches et de moins en moins timides, sans forcément tenir compte du sexe de leur propriétaire.

Vers une heure, dans un nuage de fumée provenant des différents joints et aux accords d'un Boléro de Ravel remixé, Cynthia, une jeune asiatique, et Fatoumata s'adonnèrent à une danse érotique, à laquelle elles invitèrent Omar et David. Au bout de quelques minutes, ils étaient tous nus, s'embrassant, se cherchant, se caressant, se léchant et se pénétrant. Leurs peaux balayées par mille éclats multicolores ne faisaient plus qu'une, sans différence d'origine. Assis dans son fauteuil, tel un roi antique, Malik contemplait tout ce petit monde de décadence enthousiaste. Céline, passablement enivrée et excitée par le spectacle de ses amis en train de baiser, s'approcha à quatre pattes vers le prince de la soirée, telle une chatte lubrique et tenta de lui caresser le sexe. Avec un regard doux mais ferme, Malik lui saisit le poignet et l'écarta. Il se baissa, l'invita à se relever et à s'asseoir sur ses genoux :

— Céline, tu es mon amie. Si je t'ai toujours trouvée jolie et si j'ai souvent pensé à toi certains soirs et parfois même dans les bras d'autres que toi, je ne profiterai pas de l'instant. J'ai dis que je voulais faire la fête. Mais pas faire n'importe quoi...

— Allez, Malik, laisse toi faire, j'en ai envie... insista-t-elle tout en essayant de l'embrasser.

— Arrête avant que je m'énerve et que nous gâchions notre amitié, dit-il en la fixant froidement. En d'autres circonstances, j'aurais accepté avec plaisir ta proposition, voire je l'aurais anticipée. Ce n'est pas la mort de mon père qui m'en empêche, mais ma rencontre avec une femme. Je ne pourrais plus la regarder de la même façon si je te cède. Je ne pourrais même pas me réfugier derrière l'alcool, la fumette ou le besoin d'évacuer le chagrin. Je veux garder intact ce que je ressens pour elle. J'ai plus grand-chose d'intact en moi à part notre amitié, le souvenir de ma famille et mon amour pour elle. Alors ne m'en veux pas. Tu es mon amie et je veux que tu le restes. Si nous allions plus loin, je t'en voudrais... Je m'en voudrais. Ce serait con, non ? »

Céline le regarda et l'embrassa sur la joue tout en lui glissant à l'oreille : « J'espère qu'elle vaut le coup, parce que t'es un mec bien ». Malik lui prit la main, l'effleura de ses lèvres et la laissa s'en aller en lui disant : « Je ne sais pas, j'essaie en tout cas... ».

La fête se prolongea jusqu'à fort tard le matin. Certains amenèrent des viennoiseries et le café remplaça les alcools. Céline, Sabine et Alexandre restèrent pour dénicher sous les fauteuils ou sur les meubles cadavres de bouteilles, culottes, soutien-gorge, chaussettes et autres préservatifs. « C'est d'ailleurs étonnant comme les hommes sont toujours soucieux de leurs sous-vêtements. Il est rare de retrouver un boxer n'importe où », fit remarquer Sabine en bombant son généreux 90 D.

Vers 10 heures tout le monde était parti. Malik grimpa jusqu'à sa chambre, saisit son portable qu'il n'avait pas touché depuis son retour de chez le notaire et vit qu'Émilie lui avait laissé un message. « Je dors un peu et je l'appelle », songea-t-il avant de s'écrouler, vidé, sur son lit.

***

Ce fut vers 17 heures que Malik se réveilla plutôt en forme. Il alla prendre une douche, mangea une banane et se servit ensuite un arabica tout en pianotant sur son ordinateur. « La Bernerie-en-Retz, c'est où ce bled ? Est-ce que c'est loin de Challans ? ». Constatant que ces deux lieux n'étaient séparés que d'un peu plus de trente-sept kilomètres, soit à peine plus d'une quarantaine de minutes, il prit son portable pour appeler Marc Mussaud, le locataire de la maison. Après un échange rapide, ils s'accordèrent sur une visite de principe le lendemain vers 15 heures. Il raccrocha, fit défiler les appels manqués et cliqua sur celui d'Émilie. Au « Allô ? » qui l'accueillit, il sentit un léger tremblement dans la voix qui venait de décrocher et une excitation le saisir.

— Bonsoir Émilie. Tu vas bien ?
— Ça va... Et toi ?
— Bien, bien... Excuse-moi de ne pas t'avoir rappelée plus tôt. J'ai eu pas mal de choses à faire et... pas trop le moral. Gros besoin de décompresser. Je ne voulais pas t'inquiéter, cependant, c'est vrai, j'aurais dû t'appeler plus tôt.
— Pas grave. Un jour, peut-être... fit-elle en reprenant les derniers mots qu'ils avaient échangés sur le quai de la gare Montparnasse.
— Oui. Ce jour va arriver... J'ai un truc à faire pas très loin de chez ta tante. Alors si c'est possible de se voir... J'en ai vraiment besoin. Tu me manques trop. Nous pourrions peut-être passer quelques jours ensemble... Tu penses que c'est jouable ?

Malik sentit une hésitation mais fut rassuré par le ton enjoué de la jeune femme qui lui annonça que sa tante serait absente durant tout le week-end, et ils se mirent à rire quand Émilie suggéra de bien faire attention à tout, de ranger pour ne pas se faire repérer. Sensations un peu adolescentes mais tellement agréables et excitantes à vivre. Il lui fit part de son besoin de la sentir vibrante contre lui et ce fut sur cet accord complice qu'ils décidèrent de se retrouver au plus vite ; ils se souhaitèrent une bonne soirée.

Malik prépara ses affaires dans un petit sac de voyage : une trousse de toilette, un jeans Armani, un polo vert anglais, une paire de Converse assortie, des sous-vêtements et des chaussettes. Carte bleue. Permis de conduire. Carte d'identité. Tout était bon. Il porta son sac à l'entrée, revint vers le canapé, programma une alarme pour 06h30 et alluma machinalement son téléviseur. Au bout de trois quarts d'heure de débat opposant des personnes qui visiblement prenaient un malin plaisir à ne pas être d'accord juste pour affirmer qu'elles étaient différentes, il décida d'aller se coucher non sans penser de manière fort tendue au corps d'Émilie. Tension dont il se soulagea rapidement.

* * *

L'autoroute A11 était dégagée en ce matin d'Armistice, ce qui permit à Malik de rouler à vive allure, pressé qu'il était de retrouver au plus vite sa belle Émilie. Néanmoins, après avoir fait plus de la moitié du parcours, il ressentit le besoin de faire une pause et s'arrêta sur l'aire « Portes d'Angers Nord ». Après s'être garé en épi, il sortit de son véhicule et se dirigea d'un pas décidé vers la station essence.

Il pénétra dans les toilettes pour hommes, choisit une cabine plutôt qu'un urinoir. Alors qu'il était assis, il entendit une voix grave derrière la porte :
— ... bon, on retrouve la petite pute. Le patron a dit de lui faire peur. Pas plus. T'as compris ?
— Eh, Barto, je suis pas fada, j'ai compris ! répondit une autre voix avec un accent méridional et plus haut perchée. Tranquillou, on se met en embuscade, on attend le bon moment, on la taquine un peu, on lui explique que si elle rend pas les docs, cela risque d'être moins sympa... Bref, ferme mais pas trop dangereux, histoire qu'elle n'alerte pas les flics...
— Et ben voilà, Viggo, t'as compris. Finalement, t'es moins con que t'en as la chanson. On va peut-être faire quelque chose de toi... Bon, allez, on se casse.

Malik attendit quelques secondes et sortit des toilettes. Il retourna vers sa MX5, quand une Audi A3 blanche le dépassa par la gauche, manquant de le percuter. « Va te faire enculer, connard ! », gronda-t-il tout en lui adressant un majeur levé vers le ciel. Le bolide était déjà à plus de cinquante mètres, ce qui amoindrissait la valeur de ce magnifique geste de défi et de proposition amicale.

Malik monta dans son coupé, et comme à son habitude, se laissa glisser sur son siège en cuir, caressa le volant, introduisit lentement la clef de contact, la tourna d'un petit coup sec et démarra.

Au bout de quelques kilomètres, il ne pensa plus à ce qu'il avait entendu. Après tout, chacun ses emmerdes.

Malik arriva enfin à Challans, traversa quelques rues et trouva la zone pavillonnaire indiquée par son GPS. Il vit Émilie lui ouvrir un portail, il s'engagea dans l'allée fort bien entretenue, longée de massifs floraux composés d'hortensias et de rhododendrons. Quelques roses trémières commençaient à pousser au niveau des murs. Émilie lui sauta dessus et l'emmena vivement à l'intérieur à l'abri des regards indiscrets. Leur désir était manifeste et ils s'unirent de nouveau, comme à chaque fois, animés par ce feu qui les dévorait depuis qu'ils se connaissaient. Leurs gestes les enflammaient toujours un peu plus, et tels deux phénix, ils renaissaient pour se donner toujours plus de plaisir. Leur étreinte fut donc intense mais de courte durée. Allongés sur le canapé, Émilie posa sa tête sur l'épaule de Malik. Le jeune homme avait enfin l'esprit libre et l'âme légère.

Après l'embrasement de leurs retrouvailles, Malik avait des envies d'océan, de ligne de fuite marine et de récupérer quelques forces, les derniers jours l'ayant, malgré quelque repos, passablement éreinté tant physiquement qu'émotionnellement. Il suggéra d'aller se restaurer en bord de mer, sans lui dire que cela lui permettrait d'allier l'utile à l'agréable, puisqu'il devait se rendre à la Bernerie-en-Retz voir le locataire. Émilie approuva, heureuse de constater que la lueur sombre du regard de

Malik, cette lueur qu'il avait avant leur séparation, avait presque disparu.

Ainsi, ils étaient de nouveau en train de rouler en direction de l'océan... Libres, le visage au vent, malgré les voitures qui semblaient s'être donné rendez-vous sur la nationale en ce beau jour de mai.

Durant la quarantaine de minutes que dura le trajet, Émilie sembla soucieuse, fixant son regard soit dans le rétroviseur central, soit dans celui de droite. Malik ne releva pas ce détail, concentré sur une route qu'il découvrait. Ses pensées allèrent à son père, se demandant comment celui-ci avait connu cet endroit et pourquoi il y avait acheté une maison.

Ce fut en entrant dans le centre-ville qu'il comprit. Tout était à taille humaine. Pas d'immeubles, des rues agréables, des maisons aux toits de tuiles et aux murs blanchis à la chaux, agrémentées de couleurs sur les volets. Un peu de Provence face à l'océan. Il faisait beau, l'odeur des embruns taquinait ses narines et ce fut sans doute ce stimulus olfactif qui l'invita à se garer à côté de la place jouxtant le restaurant « l'Océanic ».

Installés en terrasse, ils commandèrent tout d'abord deux kirs bretons, dont un à la mûre pour Émilie et l'autre à la pêche pour Malik, ainsi qu'une demi-bouteille de muscadet bien frais et un plateau de fruits de mer pour le repas. La jeune femme engagea la conversation :

— Dis donc... c'est aussi un collègue de ton boulot qui t'a parlé de ce restau ? demanda-t-elle avec une pointe d'ironie.
— Absolument pas ! rit-il. Je ne le connais pas du tout, mais il m'a l'air plutôt sympa, non ?
— Si, si... répondit-elle d'un air peu convaincu. Tu vas dire que j'insiste mais... j'ai l'impression que tu ne m'as pas emmenée ici par hasard. Tu n'as pas hésité une seconde en programmant ton GPS.

Malik sentit que le moment était venu de lui dire ce qu'il gardait pour lui depuis ces derniers jours.
Après quelques hésitations, il lâcha tout. Le décès de son père, l'hôpital, le sentiment de culpabilité d'être heureux alors qu'il devrait faire son deuil. Cette impression d'entendre une voix lui dire : « Profite, on ne sait jamais quand les belles choses s'arrêtent... ». Le manque d'elle intense et profond, ce feu qui était en lui depuis qu'il la connaissait. Comme s'il était un autre désormais et que la réalité appartenait à un ancien Malik dont il aurait voulu se débarrasser. Comme un serpent faisant sa mue.
Aussi aberrante que fut sa décision d'organiser une fête le jour de l'incinération, il en avait ressenti le besoin vital. Ne pas sombrer dans un temps mortifère. Ne pas gâcher la possibilité d'être heureux par quelque chose qu'il eût été vain de combattre. Il ne pourrait rien faire pour ramener son père à la vie, mais il pouvait continuer de le faire vivre en portant chaque jour ce que celui-ci lui

avait appris : croire en soi malgré tout, assumer ses choix et vivre à fond sans regret.

Pris entre la peine et la passion, il avait décidé de choisir la vie, malgré toutes les tensions qu'il ressentait de tout son corps et de sa raison. Mais il ne voulait pas qu'Émilie soit juste une compagne d'épreuve, une solution palliative pour faire face à la douleur. Il avait passé des heures compliquées, tiraillé entre le souvenir des moments de fusion avec elle et le déchirement de la perte de son père. Pris entre se retrouver seul, sans famille, et pouvoir vivre à deux, enfin.

Ce fut lors de sa visite au notaire qu'il avait compris ce qu'il devait faire. Son père lui laissait suffisamment pour entrevoir l'avenir avec sérénité mais sans se laisser aller. Une somme d'argent suffisante s'il devait prendre une nouvelle direction et un toit dans un endroit qu'il découvrait comme parfaitement adapté à ce qu'il était vraiment. Il n'y avait pas de hasard. Émilie, sa tante qui vivait à Challans, une maison ici à quarante minutes. Y a pire comme possibilité... Alors la fête, c'était un peu cela : dire au revoir à ses potes au cas où il ne reviendrait pas, laisser tout cela dans le bruit, la musique et les rires. Partir en apothéose sans larme ni adieu. Tirer un trait sur sa vie d'avant et tracer la ligne de celle d'après. Une carte bleue, deux pièces d'identité, un « chez lui » et une femme qu'il aimait intensément. Besoin de rien d'autre.

Cependant, il se devait d'affronter la réalité : donner son préavis de résiliation de location à Marc Mussaud, négocier son licenciement (hors de question de faire un cadeau au Groupe Lebossu, et à Jean-Stéphane en particulier), régler la succession et mettre en vente son appartement de Paris.

Il dit tout cela avec une étonnante sérénité et une grande douceur en regardant Émilie, ce qui contrastait avec les élans de fougue que celle-ci déclenchait en lui à chaque instant. Il leur versa un peu de vin, prit les deux mains d'Émilie et lui dit toujours aussi calmement mais avec une profonde et respectueuse intensité : « Voilà, Émilie, ce que je peux faire pour toi, me débarrasser de ce que j'étais. Le destin m'a permis de le faire. Violement certes, mais efficacement. J'espère que quand tu seras prête, quand toi aussi tu auras trouvé ta stabilité, alors nous pourrons être ce que nos corps nous crient de vivre. Rien ne presse. Mais je ne veux plus que tu me manques. »

Émilie sembla interdite devant ce long et amoureux monologue. Elle se leva de sa chaise, se dirigea vers Malik et se blottit contre lui. Pour le jeune homme, l'éternité devait avoir ce parfum-là. Celui d'Émilie dans les embruns marins.

Ils terminèrent leur déjeuner, enveloppés d'une complicité renforcée que Malik interrompit pour aller régler l'addition. Ce faisant, il en profita pour glaner quelques renseignements sur son locataire auprès du tenancier du restaurant. « Mussaud... Mussaud... Non, je ne vois pas. Ha si, ce doit être Marco, l'ours de la côte. On l'appelle comme ça, car il est très solitaire, mais pas méchant. Il vient prendre un verre de pineau, chaque troisième samedi du mois. Il s'installe là-bas sur le petit muret, face à la mer. Il prend une cigarette, la fume et s'en va. Pas très causant. Pourtant, il habite ici depuis plusieurs années et rend des services de petits travaux de plomberie, de peinture ou de maçonnerie. Au black, de la main à la main. Il travaille aussi comme saisonnier pour les agriculteurs du coin. Mais bon comme j'vous dis, on le connait pas trop. Pas le mauvais bougre. Tant qu'il ne dérange pas, on laisse tranquille. On aime bien la discrétion dans le coin. Et vous, qu'est ce que vous lui voulez au Marco ? »

Voyant que la conversation tournait dans un autre sens que celui voulu, Malik répondit juste que, profitant d'être dans le coin, il venait dire bonjour à un vieux copain de son père, récemment décédé. Cette réponse, certes vraie, mais formulée de manière un peu dramatique, lui permit de prendre congé. Il s'en retourna vers Émilie qui l'attendait en fumant une cigarette sur le petit muret. Cette coïncidence amusa Malik.

Quelques instants plus tard, ils descendaient la rue du docteur Richelot qui se terminait par un accès à une plage. Émilie et Malik se regardèrent et sourirent, repensant à leur première étreinte à Barneville-Carteret.

Cette partie de la ville pourtant idéalement placée semblait souffrir d'abandon, en tout cas de manque d'entretien, au regard de la rouille sur les grilles, des haies non taillées, de la peinture écaillée sur certains volets, ou encore du grincement de certaines huisseries. Ils arrivèrent devant la maison de Malik qui, elle, semblait bien entretenue. Malik sonna. La porte s'ouvrit sur un homme sans âge, les cheveux ébouriffés, une barbe grisonnante bien fournie, mais de stature altière. Un pull marin, un jeans et des charentaises. Il correspondait bien à l'ermite que lui avait décrit le patron de l'Océanic.

— Bonjour monsieur Mussaud. Je vous ai téléphoné hier... Malik Bonde, le fils de Fabien Bonde, se présenta-t-il avec un sourire.

D'un geste ferme, Mussaud ouvrit le portail et les fit entrer dans la maison. Il leur proposa un café, qu'ils acceptèrent. Tandis que leur hôte s'affairait dans la cuisine, Malik ne put s'empêcher d'être saisi de tristesse en parcourant la pièce. Il n'y avait rien à part une table basse, un canapé et un bureau avec un ordinateur. Il remarqua également une sorte de chevalet sur lequel se tenait une toile recouverte d'un drap blanc.

— Comme je vous l'ai expliqué, mon père est décédé, je deviens donc le propriétaire de cette maison... Il faut que je regarde votre bail, mais je compte récupérer ce bien pour y habiter, s'empressa de préciser Malik.
— Haaa... C'est vous le proprio, faites comme vous voulez, répliqua mollement Marc Mussaud.
— Bon, c'est pas pour tout de suite, vous avez six mois conformément à la loi, précisa le

jeune homme qui se sentait de plus en plus mal à l'aise.

— C'est toi qui vois, petit, c'est ton héritage. Je peux partir dès demain si tu veux.

— Non, non, c'est pas ce que je veux. Je vous dis : j'ai encore des trucs à régler à Paris. C'est juste pour vous prévenir, afin que vous vous organisiez.

— J'ai pas à m'organiser. J'ai rien à moi. Sauf ce chevalet, cette toile, quelques tubes de couleurs et un pinceau. Alors tu vois, je peux déguerpir aussi vite que je suis venu.

— Bon, on va s'arranger, dit-il quelque peu honteux de lui donner l'impression de le mettre dehors d'un coup de balai. Je sais que vous ne versiez qu'un loyer symbolique à mon père. À charge pour vous l'entretien de la maison. On peut rester sur cet accord pour l'instant. A titre de curiosité, que peignez-vous ? des paysages ?

— Non, juste un portrait. Celui de ma femme, j'attends qu'elle revienne pour le finir. Cela fait quinze ans que j'attends. Alors ici ou ailleurs, tu sais, un peu plus ou un peu moins...

Malik se tourna vers Émilie, qui lui adressa un sourire de commisération comme pour dire : « nous ne sommes pas pressés, et il a l'air si malheureux... ». Ils passèrent une heure ensemble durant laquelle ils apprirent que Mussaud était un collègue de Fabien Bonde. Sa femme l'a quitté pour un jeunot de dix-sept ans son cadet il y a plusieurs années. Du jour au lendemain, il sombra dans la bouteille. Un jeudi matin, il mit sur la gueule d'un architecte pour lequel il faisait un chantier. Licenciement pour faute grave. L'ironie voulut que le chantier en question fût celui du siège social du Groupe Lebossu, pour lequel travaillait Malik. Inéluctablement, l'alcool fit son travail d'érosion pernicieuse : il se coupa de ses collègues, ne répondit plus au téléphone, bref, il s'isola de tout lien social. Quelques mois plus tard, deux jours juste avant la période interdisant les expulsions, il se fit virer de son appartement de Gennevilliers pour loyer impayé. Il trouva un abri dans un squat Porte de Saint-Ouen. Las, le peu qui lui restait lui fut volé. Ce fut par hasard, alors qu'il faisait la manche à la sortie de la station de métro Garibaldi, que le père de Malik le revit. Ce dernier lui offrit un café, ils discutèrent et ce fut ainsi que Fabien Bonde proposa à son collègue, au nom de la fraternité de chantier, de lui prêter la maison de La Bernerie, qu'il venait d'acheter en prévision de sa retraite, sous condition qu'il l'entretienne et qu'il puisse la céder à son fils le cas échéant. Fabien demanda à son épouse et à Marc de garder le secret de cet acquisition et de cette transaction.

Malik ne se sentait plus de récupérer son bien et de jeter à la rue un homme déjà affligé, alors il donna sa parole que les choses resteraient telles que conclues avec son père. La vente de son appart à Paris devrait largement lui « permettre d'acquérir quelque chose dans le coin ». Mussuad ne sut quoi dire à part : « T'es bien le fils de ton père. La parole est sacrée. Putain, si j'avais pu avoir un gaillard comme toi... », et il pleura sur l'épaule de Malik. Le jeune homme fut ému par cet échange empli d'humanité. Il n'en avait pas goûté de tel depuis bien longtemps.

Malik et Émilie quittèrent Marc Mussaud en lui promettant de revenir le voir à l'occasion. Ce dernier leur adressa un signe de la main pour les saluer et tandis qu'ils s'éloignaient, ils entendirent la voix de l'ermite leur crier : « Prenez soin de vous les enfants, tout le monde n'a pas la chance de s'aimer comme vous ! ». Ils regagnèrent la voiture, enveloppés par le vent et le silence de ce petit coin d'Atlantique.

Avant que Malik ne tourne la clé de contact, Émilie le considéra et lui fit part de sa compassion vis-à-vis de toutes les épreuves qu'il venait de vivre. Malik fut gêné par ces mots tendres et délicats, fort peu habitué aux démonstrations d'affection et de bienveillance. Elle souligna la générosité dont il venait de faire preuve à l'égard de monsieur Mussaud. Il se tourna vers elle, plongea son regard dans ses yeux. Ému, il l'enlaça. Les larmes lui vinrent alors. Ils restèrent un long, très long moment ainsi, jusqu'à ce que les larmes s'épuisent de ne pas avoir pu couler avant, jusqu'à ce que son cœur cesse de cogner pour sortir de sa carcasse malmenée.

Au bout de quelques minutes, Malik se ressaisit, respira un grand coup, et avec une voix volontairement forte, il dégaina un « Merci » qui ressemblait à s'y méprendre à celui d'un héros sorti d'une série B américaine. Sur un ton tout aussi exagéré de midinette qui venait d'être sauvée par le *quaterback* du lycée, Émilie lui glissa un « de rien » mutin, auquel elle ajouta un subtil « rentrons, maintenant », plein de promesses et de plaisirs à venir. Malik la regarda et démarra en acquiesçant d'un clin d'œil.

De retour à Challans, Malik fut invité à aller prendre une bonne douche et à se détendre, pendant qu'elle s'occupait de leur préparer un petit en-cas. Le jeune homme expédia ses ablutions et rejoignit sa compagne dans la cuisine, se tint derrière elle, fit glisser sa culotte, écarta tendrement avec deux doigts les lèvres de son sexe et la pénétra d'un coup de reins. Elle se laissa faire un peu mais se retourna et lui demanda de l'excuser car elle aussi souhaitait faire un brin de toilette. Quand elle revint, Malik avait tout emmené sur un plateau dans la chambre... Le reste de la soirée fut dédié à un film dont ils ne garderaient aucun souvenir faute de l'avoir interrompu trop souvent pour d'évidentes raisons.

Ils furent réveillés par le clocher voisin qui leur indiqua que midi sonnait à toutes les églises de la

Chrétienté française. Nus, ils prirent un brunch durant lequel Émilie proposa d'aller se divertir le soir même au Saphir, qui semblait être *the place to be* de Challans, plus par son caractère unique que par son originalité. Elle lui proposa également de l'emmener visiter les coins de Challans à propos desquels elle avait écrit son premier article pour *le courrier vendéen*. Malik accepta tout heureux de n'avoir rien à penser et de se laisser guider par son amante.

S'il avait connu le déroulement de la soirée, peut-être aurait-il cherché une alternative à celle d'aller danser...

05

Lorsque Malik avait préparé sa valise, il n'avait prévu que le strict minimum. Aussi profita-t-il de leur tour en ville pour faire quelques achats. Et pour offrir à Émilie un joli pull col V en cachemire et une paire de spartiates à talons compensés. Cette après-midi de shopping et de visites leur permis de satisfaire nombre d'envies, notamment de faire l'amour dans une cabine d'essayage et dans un confessionnal de l'Eglise Notre-Dame de Challans, le matériel et le spirituel étant ainsi équitablement servis.

Ils revinrent chez Sandra pour dîner, prendre une douche et s'apprêter. Un peu avant minuit, ils débarquèrent au Saphir, boîte de nuit « classique » de province, avec son sol éclairé, sa cage à Go-Go danseuses, son large bar et ses boules au plafond.
Ils eurent besoin de deux mojitos pour trouver l'énergie d'aller se bouger sur le *dance floor*. Au bout d'une demi-heure, Émilie se plaignit d'avoir mal aux pieds. Malik fut attendri par cette marque affectueuse d'avoir mis ses nouvelles chaussures au risque d'en souffrir. Il comprit fort bien qu'elle eut envie d'aller chausser un modèle plus confortable et plus adapté à leur activité nocturne et lui tendit les clés de voiture, afin qu'elle puisse aller chercher

ses ballerines. Il regarda la jeune femme s'éloigner et surprit quelques regards en train de scruter la démarche chaloupée de sa compagne. Un mélange d'orgueil et de colère le saisit, qu'il dissipa en allant se commander un troisième mojito, mais à la fraise cette fois-ci, ainsi qu'en consultant sa messagerie. Au bout de quelques minutes, son téléphone vibra en lui signalant un appel d'Émilie. En décrochant, il entendit des bruits étouffés et comme des cris. Tout en maintenant le téléphone à son oreille, il sortit de la boîte, non sans bousculer un sosie de Justin Bieber et un autre de Mylène Farmer, ainsi que Jean-Claude le sympathique physionomiste. Sans prendre le temps de s'excuser, il fonça vers la MX5. Il entendait des bribes de phrases. « Max... rends lui ses docs ». Un homme avec un léger accent allemand ou suisse... Une voix qu'il connaissait... Entendue récemment... « À la station essence près d'Angers ! » se souvint-il en pressant sa foulée.

Il arriva au niveau de sa voiture et vit Émilie plaquée contre une Corsa rouge, tenue à la gorge par un molosse, sous le regard d'une sorte de nabot en perfecto. Malik rangea son téléphone dans sa poche et, vif et précis, il avança sur les types et frappa le plus costaud d'un direct à la mâchoire, puis il le fit basculer en arrière et lui asséna un superbe pointu dans les parties intimes, geste technique travaillé longuement lors de ses entraînements de footballeur amateur. Il se retourna vers l'autre, immobilisé par la surprise de cette attaque, et lui envoya un taquet au niveau de la trachée. Il s'adressa alors à Émilie : "Viens ! On dégage !"

Elle prit la main tendue par Malik et ils s'engouffrèrent dans la MX5. D'un coup sec, Malik démarra en trombe et ils quittèrent le parking de la discothèque en soulevant un nuage de poussière, au moment où les deux agresseurs reprenaient leurs esprits.
Émilie pleurait nerveusement, incapable de contrôler ses émotions. Ils roulèrent pendant plus de dix minutes. Malik trouva un chemin vicinal sur la droite, entre une clôture et une rangée de hêtres. Il progressa lentement sur une vingtaine de mètres et coupa le moteur, lumières éteintes. Il s'approcha précautionneusement de la jeune femme et l'entoura de ses bras, fit reposer sa tête sur son épaule, et tout en lui caressant les tempes et les cheveux pour la calmer, il lui fit part de ce qu'il avait compris de la situation.
Sa première question concernait bien évidemment Max, qui semblait être la cause de sa fuite vers Paris.

> — C'est mon ex. On a passé un bout de temps ensemble... et ça c'est mal fini, répondit-elle le regard encore embrumé par les larmes.
> — Ça je m'en doute, mais c'est quoi les papiers qu'ils cherchent ? T'en as une idée ?
> — Oui. Ce sont ses rendez-vous, des dates et des lieux de livraison. Il avait tout planqué

dans mes dossiers, c't'enculé. Je les ai retrouvés dans ma valise.
— Il est dealer ? Quel genre de came ? Shit, héro, extas, cristaux, coke, fraises Tagada ?
— T'es con, Malik, dit-elle avec un léger sourire. Non, pas de drogue. Il est trafiquant d'armes...
— Ha ! Du lourd... On est pas dans la merde. Mais tu le connais d'où ?

Émilie se mit à raconter comment le conte de fées dans lequel tout allait bien dans le meilleur des mondes s'était transformé en règlement de comptes un certain soir. Alors qu'ils revenaient d'un restaurant de Bourg-en-Bresse, Émilie et son mec furent pris en chasse par une voiture et bloqués sur le bas-côté. Trois hommes en étaient descendus...

Ce soir-là, sur cette route-là, Émilie comprit que son compagnon lui avait caché la vérité. Il trempait dans des affaires louches et certains de ses « associés » étaient suffisamment exigeants pour lui adresser un avertissement musclé à lui, et à Émilie, qui fut frappée au visage et au ventre.

Ce fut ainsi qu'elle découvrit ce que faisait réellement Maxime de ses journées. Ce fut ainsi que Maxime apprit qu'elle attendait un enfant de lui. Un enfant qu'elle allait perdre...

Lors de son séjour à l'hôpital consécutif aux coups reçus et suite à une conversation houleuse avec Maxime quelques semaines plus tard, elle décida de porter plainte. En effet, au lieu d'être compatissant suite à la perte traumatique de son enfant, son premier de surcroît, celui-ci l'enfonça encore plus en la dénigrant et la culpabilisant. La plainte déposée à son encontre déclencha, chez cet homme peu habitué à se faire mener à la baguette par une femme, un texto dont le contenu sans équivoque était très menaçant. Le texto de trop.

Après avoir préparé quelques bagages, elle porta de nouveau plainte, et sauta dans un train pour Paris. Cet homme lui avait déjà trop pris : ses rêves d'une vie parfaite, le bonheur de porter un enfant et tous ses espoirs de devenir mère. Le médecin qui la suivait avait été formel : elle ne porterait plus la vie.

Au fur et à mesure du récit d'Émilie, une petite boule s'était formée dans le ventre de Malik, la prenant contre lui, il ne put retenir ses tremblements et les larmes qui coulèrent.

— Bon, il va falloir nous débarrasser des deux abrutis de la boîte et aller voir ce Maxime. Il ne te lâchera pas et moi non plus par ricochet, affirma Malik sur un ton très vindicatif.
— Oui, tu as raison, mais je ne peux pas t'impliquer là-dedans. Je partirai lundi, seule, pour le voir et régler cela une bonne fois pour toute.
— Pas question ! Je t'accompagne. J'ai pris certaines dispositions par rapport au boulot.

Et puis, je te l'ai dit. Je veux plus que tu me manques. Et là, désolé, mais j'ai pas non plus envie de te perdre. Et puis... je sais pas comment te dire... Tu vois la perte de mon père, celle de ma mère et de mon frère. Bon, j'ai des amis, des potes. Mais... c'est pas pareil. Et tout comme toi, je ne peux pas avoir d'enfant. Naturellement, je veux dire...

— Oh... Je suis désolée, vraiment... Tu as aussi perdu ta mère et ton frère ? Je suis vraiment navrée... Que s'est-il passé ? Ça remonte à quand ?

— Tu as dû les voir sur la photo dans l'entrée de mon appartement. J'ai perdu mon frère. C'est con comme expression, perdre quelqu'un, c'est pas comme perdre ses papiers, perdre au jeu,... Putain ! ça n'a rien avoir. On ne perd pas les gens, c'est la vie qui vous les arrache...

Malik s'effondra, alors qu'il aurait dû être fort pour Émilie. Il montrait là une facette que la jeune femme ne lui connaissait pas. Il reprit en se calmant et, avec une voix très froide, lui raconta :

— C'était l'été de mes dix-huit ans. J'avais obtenu mon Brevet d'Aptitude aux Fonctions d'Animateur, et par une relation de ma mère, j'ai eu la possibilité de partir encadrer des ados de 13 à 15 ans dans une colonie. La station « Les Rousses » dans le

Jura, je ne sais pas si tu connais ? C'est entre Oyonnax et Pontarlier. Peu importe. J'avais eu une dérogation pour emmener mon petit frère Michael. Cela permettait à nos parents d'avoir quelques jours de vacances rien qu'à eux. Sans môme dans les pattes. Je ne faisais pas de favoritisme pour mon petit frère, par rapport aux autres enfants de la colo. Mais je veillais sur lui. Jusqu'à ce jour...

Le séjour allait se terminer. Les gamins devaient organiser la soirée de clôture. Ils étaient répartis en petits groupes avec des tâches bien précises. Tout allait bien. Je m'étais absenté avec l'une des monitrices pour fumer une cigarette.

Soudain, nous avons entendu des bruits de bagarre. Et des cris. Surtout des cris. Nous nous sommes précipités à l'intérieur de la salle commune. Les gamins étaient en panique et pleuraient. Tous sauf un. Un grand avec des yeux bleus méchants. À ses pieds, il y avait Michael qui pleurait, qui tremblait, qui suffoquait. C'est là... que j'ai vu les ciseaux... Plantés au niveau du ventre...

Malgré ses efforts pour contenir ses émotions, Malik tremblait en délivrant son récit. Il sentit la main d'Émilie se poser sur la sienne et la serrer doucement. Il reprit sur le même ton monocorde, comme sous hypnose :

— Je me suis précipité vers mon frère, écartant le garçon qui restait imperturbable. Je savais qu'il ne fallait pas retirer le ciseau, mais déjà une tache rouge se formait et s'agrandissait, absorbée par le tissu de son T-shirt bleu arborant le logo de *Superman*. C'était moi qui le lui avais offert. J'allongeais Michaël avec les jambes surélevées, comme je l'avais appris. Thomas, un collègue, avait emmené les autres dans la pièce voisine. Mon frère pâlissait à vue d'œil. Djamila était au téléphone avec les flics. Le pouls de Michaël s'accélérait, tandis que frissons et sueur le parcouraient. Une ambulance allait arriver... Il fallait qu'il tienne.

Je lui parlais de nos parents... De ces conneries que nous avions faites ensemble... Que je l'aimais... Qu'on sortirait un soir et que je lui apprendrais les filles. Je lui ai décrit les seins de Margaux, la voisine sur laquelle il « flashait »... Ronds et chauds, comme des pommes cuites au four, servies tièdes. Et son parfum à Margaux, tu sais, Michael, ces notes de lilas dans l'air frais du printemps. Nous savions toujours quand elle avait prit l'ascenseur... Elle était si belle Margaux du haut de ses seize ans...

La sirène de l'ambulance, trois infirmiers dans la pièce, le brancard à nos côtés. La prise de pouls. Trop tard. Mon frère avait rendu son dernier souffle dans mes bras.

J'avais envie de tout casser...

Les témoignages des autres enfants, tous confus, s'accordaient sur un seul point : mon frère s'était disputé avec... Putain ! Son prénom m'échappe... Et il s'était planté sur les ciseaux que tenait l'autre gamin. Un accident. Stupide, mais un accident. Pourtant, au fond de moi, j'en ai douté, j'en ai toujours douté...

Mes parents sont venus à Pontarlier me chercher avec le corps de mon frère...

Ma mère ne s'est jamais remise de la mort de Michael. Elle a développé une maladie rare qui l'affaiblissait chaque jour un peu plus. Elle a progressivement perdu sa motricité. Réfléchir lui demandait chaque jour un peu plus d'efforts. Elle ne perdait pas la mémoire, c'était juste compliqué de faire revenir les souvenirs. Personne n'a su trouver le bon traitement. Mon père a pris un congé sans solde sur les deux derniers mois, pour l'accompagner. Ils décidèrent qu'elle resterait à la maison jusqu'à la fin. Un samedi matin, ma mère m'a demandé de venir la voir, seul. J'ai refermé la porte de sa chambre derrière moi. Elle m'a fait asseoir à ses côtés, sur la grande couverture de laine beige qui la recouvrait et m'a dit ces quelques mots tout simples : « Malik, je sais que je vais partir. Ce n'est pas grave. Ton père est là. Toi aussi. Tu es grand maintenant et je sais que tu t'en sortiras. T'es un bon garçon. Je suis fière de toi. Là, je sens que je vais aller m'occuper de Michael. Je sais qu'il m'attend. Tu vois, je ne serai pas seule. Alors promets-moi de ne pas pleurer, promets-moi de toujours faire les choses

auxquelles tu crois. Sans compromis. Tu auras un beau destin. C'est *mektoub*. Alors accompagne-le. Je t'aime, Malik. » Epuisée, par les efforts qu'elle avait dû déployer pour me parler, elle s'endormit. Elle a rejoint mon frère dans la nuit. Le visage apaisé.
Voilà, Émilie, tu voulais savoir, tu sais... Nous avons tous des trucs qui nous construisent ou nous pourrissent. On fait comme on peut pour s'endurcir, pour faire face, pour continuer, sans pour autant se trouver des excuses pour faire n'importe quoi. Chaque fois que je fais un choix, je me pose juste deux questions : est-ce compatible avec ce en quoi je crois et est-ce que Maman et Michael comprendraient ce choix ?

Malik venait à peine de prononcer cette phrase, qu'il regretta de s'être livré autant. Il aurait pu raccourcir, faire un récit moins détaillé. Mais cela lui importait qu'Émilie sache tout. Elle lui avait ouvert son cœur quelques instants plus tôt de la manière la plus honnête possible. C'était donc la moindre des choses qu'il en ait fait autant. Émilie sentit sans doute le trouble de son ami car elle serra un peu plus sa main dans la sienne et lui dit tendrement :
— Je comprends mieux maintenant d'où te vient cette profonde tristesse que j'ai ressentie depuis le début. Je la ressentais aussi dans ton appartement. Trop sobre. Impersonnel. Pas de chaleur. Comme une

protection pour que tout glisse. Je suis tellement peinée pour toi.... Oui, Malik, accompagne-moi. Je ne veux pas te perdre non plus.

Émilie se pencha et il sentit un doux baiser se poser sur ses lèvres. Il l'enlaça, soulagé. Peu après elle s'écarta un peu de lui et dit :
— Au fait, j'ai vu comment tu m'as sauvée des deux autres abrutis. T'as pratiqué des sports de combat ?
— J'ai fait un peu de boxe et de judo quant j'étais gamin, mais c'est surtout à l'Armée que j'ai appris à me défendre, riposter ou neutraliser en corps à corps.
— Ah ! bon, t'as fait ton service militaire ? interrogea-t-elle avec un brin d'excitation dans la voix.
— Non, je ne suis pas si vieux, précisa-t-il en faisant allusion à la fin de la conscription obligatoire. Après mon Master à Dauphine, qui m'avait demandé énormément de travail, j'avais besoin de souffler. Pas encore prêt à intégrer une grosse boîte. J'avais envie de me prouver d'autres choses. Alors sur un coup de tête, j'ai poussé les portes d'un centre de recrutement, passé les tests et comme je parle arabe, j'ai été affecté au 2° Régiment de Hussards à Sourdun. Un régiment un peu particulier, spécialisé dans l'acquisition de renseignements. C'est là que j'ai été formé à diverses techniques de combat. J'étais pas excellent mais disons que

cela me permet maintenant de faire face au cas où... Au bout de quatre ans, suite à un point de divergence avec mon capitaine au retour d'une mission, j'ai demandé à partir. Fort de mon diplôme et de ma petite expérience militaire, j'ai postulé à différents emplois, et je me suis retrouvé au département « développement commercial stratégique » chez Lebossu, pour la division « systèmes de télécommunication ». Tu vois par certains aspects, on fait le même boulot. On cherche l'info, on la traite et on la valorise.
— Je vois, se contenta de dire Émilie.

Émilie et Malik décidèrent de rentrer pour se reposer un peu, et pouvoir ainsi calmement préparer la suite des opérations.

04

La route du retour, long serpent noir à peine éclairé par la Mazda, semblait s'étendre sans jamais vouloir finir. Malik regardait dans les rétroviseurs à intervalles réguliers, à la recherche d'une lumière lointaine et surtout d'une Audi blanche. Celle des agresseurs, de ces hommes de main dont il avait surpris la conversation lors de sa pause près d'Angers et qu'il venait d'affronter. Mais pas de lumière. Rien que l'obscurité que découpaient les phares dans un halo fantomatique.

Ils arrivèrent dans la zone pavillonnaire où se trouvait la maison de la tante d'Émilie. La jeune femme s'était endormie, mais son visage laissait deviner un sommeil agité, peuplé sans doute de cauchemars et de peurs, par un froncement de sourcil, un petit creux au coin de la bouche ou encore un mouvement de tête rapide, comme si elle voulait échapper à la prise d'un invisible assaillant.

Il s'arrêta devant le portail d'entrée, secoua légèrement le bras d'Émilie et l'embrassa sur la joue.

— Em', réveille-toi... Nous sommes arrivés.
— Co... Comment ? Hummm, je me suis assoupie. Désolée, murmura-t-elle en

s'extirpant doucement du songe où elle se trouvait.
— Pas grave. Bon, je vais te déposer et aller garer la voiture plus loin. Même si je n'ai rien vu sur le chemin, il serait logique qu'ils essaient de nous retrouver. Ce sont des pros, ils ne vont pas courir le risque que nous nous organisions pour fuir. Donc tu rentres, tu fermes à clé. Tu laisses la véranda ouverte à l'arrière de la maison, que je puisse te rejoindre. Prends un couteau, au cas où, et vas te barricader dans ta chambre.
— Mais Malik, je veux rester avec toi… insista-t-elle avec un brin de frayeur dans la voix.
— Je n'en ai pas pour longtemps. T'inquiète pas, tout va bien se passer…

Sentant qu'elle ne pourrait le faire changer d'avis, Émilie ouvrit la portière, puis le portail et s'engagea sur l'allée de graviers blancs qui menait à la maison. Elle se retourna et vit Malik le visage fermé, implacable, sans un regard pour elle. La voiture démarra et disparut à l'angle de la rue.

« Bon, quelle est la meilleure distance pour cacher la voiture ? », se demanda Malik. À environ cinq cents mètres, il vit une place baignée d'ombre, pas un réverbère ne l'éclairait, mais elle se situait juste à côté d'une entrée de pavillon. L'emplacement lui convenait. Il fouilla dans son portefeuille, trouva un ticket de métro utilisé qu'il plia en deux, sortit de sa voiture, glissa le bout de papier en bas de la portière de telle sorte que si quelqu'un venait à l'ouvrir le ticket tomberait, indiquant ainsi que la voiture avait été visitée. Il activa néanmoins l'alarme du véhicule. Pour rentrer chez Sandra, il n'emprunta pas le chemin inverse, il décida de contourner le lotissement, mû par l'instinct qu'il avait développé chez les Hussards.

Au débouché de la rue perpendiculaire à celle où habitait Sandra, à environ deux cents mètres, il vit l'A3 blanche. « Le petit à tête de fouine » était assis à la place du conducteur et fumait une cigarette, la fenêtre ouverte. Malik ne put s'empêcher de penser que leur but n'était pas seulement de les intimider mais bien de récupérer coûte que coûte les papiers de l'ex d'Émilie. Il convenait donc de les neutraliser.

Malik scruta les alentours pour s'assurer que le molosse n'était pas là. Il s'avança prudemment mais d'un pas décidé en choisissant l'angle mort entre la limite de celui du conducteur et le début de celui du rétroviseur. Il arriva à la hauteur de la fenêtre, bloqua le bras de l'homme, ouvrit la portière, prit la tête du supposé « Barto » et la percuta contre le volant. L'homme fut estourbi net. Malik le saisit par le menton pour lui dévisser la tête, mais il sentit quelque chose de visqueux sur ses doigts. La faible luminosité produite par la lune lui permit de voir que du sang commençait à goutter du nez tuméfié. Malik exécuta la suite des mouvements avec rapidité et précision. Il prit la ceinture de sécurité et la noua autour du cou de cet homme qui n'aurait plus le loisir d'entretenir son cancer des poumons. Il tira avec le bras droit tout en bloquant la capacité de respiration de « Barto » au niveau de la bouche et du nez avec le creux du bras gauche. L'homme se réveilla, se débattit quelques secondes et sombra, inconscient. Malik maintint la pression quelques instants de plus, puis il plaça deux doigts au niveau de la trachée pour prendre le pouls. Aucune pulsation, pas le moindre petit soubresaut. L'homme à la tête de fouine était mort.

Malik inspecta rapidement l'habitacle et le corps. Il trouva tout d'abord un sac à dos qui contenait deux Glock 29, armes de poing compactes, ainsi que quatre boîtes de munitions de dix millimètres. Il déposa l'ensemble à ses pieds. Puis, dans l'une des poches du blouson du mort, il tira une feuille A5 qu'il déplia. L'adresse de Sandra y était inscrite et un photomaton agrafé. Ce cliché montrait Émilie et un homme. Souriants.
Cette vision fit battre le cœur de Malik violemment. Cet homme, malgré la barbe apparente, des cheveux plus courts et des traits de visage plus creusés, plus accentués au niveau des yeux, par un début de pattes d'oie, lui en rappelait un autre. Dans les souvenirs de Malik, les traits s'assouplirent et s'arrondirent. Les cheveux prirent de la longueur. Le polo, porté sur la photo, devint un t-shirt. Le même visage plus jeune, mais avec toujours ce regard mêlant ironie et défi. Un visage, surgissant du passé, qui le regardait sans un mot tandis que Malik tenait son petit frère entre ses bras. Ce visage. Et un prénom qui lui éclata enfin à la gueule : « Max »... « Maxime » ! Malik tomba à genoux, groggy.

Le jeune homme se ressaisit pourtant rapidement, la stupéfaction de sa découverte cédant la place à de la colère. Le destin venait de lui donner une chance de venger Michaël.

Pas le temps d'effacer ses empreintes. La seule solution : tout brûler. En fouillant, il trouva le briquet et le paquet de cigarettes de « la Fouine », en prit une et l'alluma. Puis il porta la flamme tout contre les vêtements. Malik referma la portière. Et s'en alla. Alors qu'il arrivait devant la maison, il entendit le bruit étouffé d'une explosion. Sans doute les pneus... Question discrétion, il aurait pu faire mieux. « Bah, tant pis, ce qui est fait... », pensa-t-il d'un air fataliste.

Malik longea la propriété de Sandra par la gauche et suivit la haie, composée d'eleagnus, de cotoneaster et de photonias. Il avait remarqué qu'au fond du jardin se trouvait un espace par lequel un homme pouvait se faufiler. Ainsi, il put rejoindre tranquillement la véranda. Il fit glisser le pan de verre et pénétra dans la maison. Tout était trop silencieux. Il se retint donc d'appeler Émilie. Il prit dans le sac l'un des deux Glock, en vérifia le chargeur, le remit en position, enleva la sécurité et avança prudemment dans la pénombre, un pas devant l'autre, jambes légèrement fléchies, l'arme devant lui à mi-hauteur. Ses bras balayaient l'espace en même temps que son regard, l'ouïe à l'affût. Il marcha sur des morceaux de verre, dans une flaque d'eau et écrasa des tulipes. Un vase était tombé. Plus loin, le tapis déposé au pied de l'escalier menant à l'étage était froissé.

Une à une, il monta les marches, respirant lentement, prêt à viser et à faire feu. Arrivé en haut, il s'approcha sur la pointe des pieds, devisant la porte ouverte, comme enfoncée violemment. Et il vit Émilie...

Elle se tenait contre le mur, prostrée. Une masse était allongée devant elle. Un couteau enduit de sang à ses côtés. Son Rimmel dégoulinait sur son visage comme des traces de suie lavée par la pluie. Elle semblait en état de choc. Malik s'accroupit à son niveau, posa son Glock sur le linoléum imitation parquet en chêne et la prit contre lui.

« Ça va aller. C'est fini. Ils ne nous nuiront plus », lui chuchota-t-il tout en l'aidant à se relever. Il la prit dans ses bras et la porta jusqu'à la salle de bains. Malik la déposa à même le carrelage, se dirigea vers le robinet de la baignoire et fit couler l'eau. De sa main, il en dosa la température afin qu'elle soit juste tiède. Puis, il prit un flacon de sels de bains au thé vert et en répandit dans l'onde. Il revint vers Émilie, toujours en état catatonique, et la déshabilla. Il roula le t-shirt en boule, lui enleva son jean's et fit glisser sa culotte avec précaution. Chaque geste était fait avec douceur et précision. Enfin, il l'accompagna et la fit glisser dans la baignoire. L'eau presque froide la sortit de sa torpeur. À cet instant, une sirène se fit entendre. Malik se fit intérieurement la remarque : « Ça y est, les pompiers ou la police ont été prévenus de l'explosion ».

Malik fit de nouveau couler de l'eau mais à partir du pommeau de douche, plus chaude cette fois-ci, et en parcourut le corps d'Émilie, à présent débarrassé du sang qui la souillait, puis il revint à de l'eau froide. La jeune femme fut revivifiée par cette alternance de sensations opposées. Enfin, il se déshabilla et la rejoignit. Il se plaça derrière elle, prit une fleur en éponge, versa dans la paume de ses mains une crème de bain et lui pétrit les épaules tout doucement tout en appuyant sur les points contractés. Ses pouces la massèrent en plusieurs endroits, soulageant la jeune femme du stress subit. Il l'embrassa amoureusement, lui chuchota de jolies choses à l'oreille tout en passant ses mains dans ses cheveux. Il aimait tellement prendre soin d'elle. Qu'elle ne soit plus que lâcher-prise, abandon voluptueux, chair et désir, battements et vibrations. Mais à ce moment-là, plus que dans celui de leurs ébats, à travers le corps, c'était bien à l'esprit d'Émilie que Malik s'adressait.

C'est tellement violent la première fois que l'on tue. Ôter une vie abîme les dernières contrées innocentes de l'âme. C'est un regard que l'on croise, qui se fane et se vide. Une âme qui s'échappe devant vous. Tuer la première fois, c'est se confronter à un retour en arrière impossible. Prêt ou pas, il faut vivre jusqu'à la fin avec ce souvenir-là. Et pour faire face à ce moment-là, on est souvent seul. Trop seul.

Alors Malik prit le temps d'accompagner Émilie sur le chemin du retour. Parce que pour cette jeune femme, plus rien ne serait désormais pareil. Il n'y aurait plus jamais d'Eden au fond d'elle

* * *

Le soleil commençait à teinter la nuit de bleu clair, de jaune pâle et de rose-orangé, plongeant l'environnement dans une bienfaisante clarté, promesse d'une belle journée. Malik n'avait pas dormi.

Après le bain, il avait raccompagné Émilie dans leur chambre, l'avait mise dans le lit et, une fois endormie, il était retourné dans la chambre de Sandra faire un état plus précis des dégâts. Pas grand-chose d'irrémédiable. Hormis le vase au rez-de-chaussée. Il avait réfléchi jusqu'à cette heure matinale à la suite à donner. Peut-être que quelques flics viendraient faire une enquête de voisinage. Il fallait donc partir avant et surtout se débarrasser du corps qui traînait toujours dans la chambre de « Tatie ».

Il venait de se servir un café quand Émilie apparut dans la cuisine. Il lui en proposa un auquel elle répondit par un « hummfff » assez significatif. Puis elle s'assit à la table en verre sur laquelle était posée une corbeille de fruits. Malik se saisit d'une banane. Tout en soufflant sur son café fumant, Émilie se tenait la tête appuyée sur le coude. Il flottait un parfum particulier dans l'air. Comme une gueule de bois, après une grosse fête, lorsque ceux qui sont restés prennent le petit déjeuner : tout y est calme, personne ne parle, tous s'observent, mais rien ne vient. Ils étaient là, avec leur mug et leur bol comme écrans de protection. Pourtant, les regards des deux amants laissaient deviner que malgré tout ce qu'ils venaient de vivre, ils s'aimaient toujours, peut-être même un peu plus fort.

Parce que ce qu'ils venaient de vivre les soudait à jamais, quoi qu'il arrivât.

Malik brisa le silence et raconta à Émilie ce qu'il avait fait, comment « Barto » était redevenu poussière et qu'il avait appris que Maxime était le petit « enculé » qui avait suriné son frère. Elle et lui devaient vite se débarrasser de Viggo, le colosse qui roupillait à l'étage de manière définitive. L'idée d'un barbecue ou d'un enterrement dans le jardin lui traversa l'esprit, mais disparut aussi vite. Pas le moment d'être trop visible.

En son for intérieur, Malik savait que c'était à lui de prendre les choses en main. Même s'il n'avait aucune information précise pour commencer à échafauder un plan. Tout ce qu'il souhaitait se résumait à retrouver Maxime et à le buter. Néanmoins, il fallait attendre le retour de Sandra. Ils ne pourraient donc partir que le lendemain. Cela laissait un peu de temps pour se préparer à quelque chose qui lui rappelait ces quelques mots prononcés une veille d'opération en Centrafrique : « Bon, les gars, on va pas se mentir, ça pue ... Mais c'est bien pour cela qu'on se lève et que les filles nous aiment, non ? ». Pour l'heure, indiquant l'étage du regard, il fallait exfiltrer le cadavre et nettoyer la maison, sans compter que les flics pouvaient débarquer à tout moment. C'était leur manière de procéder : les voisins puis l'analyse des premiers résultats en provenance des spécialistes.

Alors qu'il précisait ce point à Émilie, la sonnette de la porte d'entrée retentit à travers la maison.
— P'tain, ça doit être les flics, fit Malik.
— J'y vais. Reste-là, personne ne sait que tu es ici vu que tu m'as déposée cette nuit. Je vais répondre seule.

Émilie se leva, quitta la cuisine dont elle ferma la porte, et alla ouvrir. Malik comprit qu'il s'agissait bien de la Police. Émilie et lui n'avaient pas eu le temps de convenir de ce qu'ils diraient. Dans ces cas-là, le mieux était de faire simple en s'appuyant sur le bon sens de l'interlocuteur. La jeune femme s'en sortit finement, prétextant qu'elle n'avait rien entendu et qu'elle n'était pas d'ici puisque hébergée par sa tante. Malik mimait la scène pivotant tantôt à droite, tantôt à gauche passant d'Émilie au policier et ainsi de suite. Ceci l'amusa beaucoup mais fut de courte durée. Émilie était déjà revenue et lui rendit son sourire. A priori, pour l'instant, ils ne devraient pas être inquiétés, les propos d'Émilie ayant été d'une affligeante banalité.

Ils finirent leur café, ainsi que sa banane pour Malik et un yaourt sans sucre pour Émilie. Puis, ils montèrent prendre une douche rapide. Une fois habillés d'une paire de jeans et d'un t-shirt, tels deux étudiants parés pour un déménagement, ils retournèrent dans la chambre où Viggo les attendait bien sagement. Un macchabée est docile, c'est l'un de ses avantages. En revanche, gros inconvénient : il est envahissant.

L'analyse rapide de la situation concluait que l'urgence dans laquelle ils se trouvaient ne devait pas exclure la minutie. Le nettoyage de la zone nécessiterait du temps. En effet, se précipiter reviendrait à forcément négliger un bout de lino, une trace de pas, une tâche de sang ou encore une fibre de vêtement. Par ailleurs, il fallait s'assurer de penser à tous les endroits par lesquels était passé Viggo. Bien sûr, la probabilité que la police puisse remonter jusqu'à la maison de Sandra était quasi nulle. C'était bien ce « quasi » qui posait problème parce que, souvent, il se transformait en « Hummm, qu'est-ce donc ? », puis en « C'est pas normal... », et enfin en un : « Chef, j'ai une piste sérieuse ! »...

Malik était concentré. Il avait fait le vide pour pouvoir se focaliser uniquement sur son environnement. Tout ne devenait qu'un terrain à comprendre, une sorte de carte topographique sur laquelle il devait reconnaître les endroits difficiles et ceux qui lui serviraient, se mettre à la place de l'ennemi pour anticiper ses mouvements et donc potentiellement prendre l'avantage.

Il fit également un point de situation sur les moyens dont il disposait pour entreprendre ses actions. Sandra n'avait qu'un équipement ménager de base : shampoing moquette, eau de Javel, Carolin savon noir, nettoyant pour les vitres, ammoniaque, bassines plastiques de trois tailles différentes, éponges, aspirateur, balais, vinaigre, acide chlorhydrique et lingettes multifonctions. Elle avait aussi de la farine et de la maïzena, toujours pratiques pour absorber les taches humides, du vinaigre et divers aromates et condiments, ces derniers ne présentant aucun intérêt pour la suite des opérations.

Dans la salle de bains, Malik trouva des coton tiges, de la ouate épaisse et des serviettes périodiques. Bien pratiques pour nettoyer efficacement les zones délicates, le cas échéant, tels que interstices, coins ou replis.

Le sang laissé çà et là était l'élément le plus important à prendre en compte. Par chance, l'espace concerné était assez limité. À peine cinq mètres carré. Le coup porté par Émilie avait été rapide et net. Viggo s'était certes vidé abondamment mais ne s'était ni débattu, ni déporté, maculant ainsi peu de surface. Le principe de base à retenir pour toute scène de crime avec effusion de sang est qu'elle contient des traces

d'hémoglobine même si elle a été lavée. En effet, les protéines contenues dans le sang se fixent aisément sur les différents supports. Donc la priorité était de pouvoir les détecter pour mieux les effacer. Pas de luminol à portée de main. Mais de l'eau de javel et de l'ammoniaque. La première pour le lino et le second pour les tissus, en portion diluée. L'eau de javel suffirait pour laisser des traces fluorescentes le cas échéant, polluant ainsi la scène et empêchant des prélèvements efficaces.
Autre principe : toujours nettoyer à l'eau froide de manière concentrique pour éviter que le sang s'imprègne dans les fibres et s'étale, surtout que ce porc percé au cœur avait pissé abondamment.

Les consignes furent transmises à sa comparse. Ils suèrent à la tâche avec précision pour Malik et acharnement pour Émilie. Ils avaient le temps de bien faire. Perdre du temps pour éviter des emmerdes était un bon investissement. Ils enroulèrent le molosse dans les draps – un lavage à quatre-vingt-dix degrés permettrait de nettoyer les traces laissées ; de toute manière, personne ne vérifie les draps lavés. Il suffirait que Sandra dorme une fois dans les nouveaux pour que cela camoufle la scène de crime. Ils descendirent le cadavre et l'entreposèrent près de la véranda, derrière le canapé. Malik remonta pour effacer les dernières traces au niveau du corps.
Rejoint par Émilie, qui avait passé l'aspirateur et remis en ordre le rez-de-chaussée, ils finirent le nettoyage de la chambre. Malik, bien que très concentré, ne put réfréner une érection subite en

contemplant sa compagne, croupe tendue vers l'arrière, en train d'aller et venir pour frotter le linoleum. Mais, l'heure n'était pas à la bagatelle. Alors il se remit à l'ouvrage et remisa son envie pour plus tard. Il nota cependant son inclination à ressentir des pulsions sexuelles lors de situations stressantes ou mortifères.

Vers midi, tout était parfait. Pas le moindre détail de lutte, nulle trace compromettante, à part une petite odeur irritante d'eau de Javel, ne subsistait. Ils décidèrent de prendre une douche... Émilie tourna le robinet et entra sous le jet qui fit briller ses courbes sous les gouttes d'eau. Elle mit un peu de crème dans sa paume et entreprit de se savonner longuement. Malik ne put détacher son regard des mains qui allaient et venaient sur ces seins, ce ventre, ces cuisses qui l'affolaient en permanence. Il retira ses vêtements et proposa de lui laver le dos. Alors qu'il s'attardait sur le bas de cette zone, il glissa sur les fesses. Sa compagne ne l'empêcha pas de la retourner, face à lui, de lui écarter doucement les jambes et d'avancer sa bouche vers sa fine toison sombre. Avec ses deux pouces, Malik écarta les petites lèvres d'Émilie. Sa langue se fit espiègle, commença à jouer le long des parties charnues et se rapprocha du clitoris. Tendrement, puis plus fermement, il le saisit par petites sucions. Il sentit le petit bouton se durcir et Émilie se retenir de s'abandonner sous cette linguale caresse. Malik accéléra le rythme comme possédé par un rythme vaudou intérieur. Il fermait les yeux pour mieux s'imprégner de l'odeur humide de son amante, pour mieux goûter chaque pli de chair et s'en mémoriser la texture. Ses mains tenaient le bassin de la jeune femme pour que le plat de sa gourmandise ne s'échappe pas. « Bordel Em', que j'aime ta chatte ! », s'exclama-t-il entre deux coups de langue. « Ta gueule, Malik, bouffe-là et mets tes doigts.... », l'adjura-t-elle. Ce qu'il fit, ce qu'elle ressentit. Ce dont elle jouit intensément, sous les pénétrations précises, rapides et saccadées de son amant. Elle laissa jaillir son plaisir en un cri et en un jet tiède sur le visage de Malik. Il la regarda avec des yeux intensément amoureux, tandis que le corps d'Émilie, tremblant, s'abandonnait enfin à l'onde chaude.

La pression était redescendue et la fatigue enfin revenue. Le souvenir des dernières heures aussi. Le sang répandu. Le corps inerte. Cependant, étonnamment la faim se fit sentir, alors ils dévorèrent des spaghettis pleins de sauce à la bolognaise, dissociant sans s'en rendre compte ce qu'ils venaient de vivre d'avec ce qu'ils mangeaient. Le cerveau a de biens étranges capacités pour permettre de faire face à la réalité, mais peu de solutions à offrir pour trouver les mots qui prépareraient la propriétaire des lieux à l'inévitable réalité : un mort gisait dans son salon.

Si Malik avait eu un peu d'humour et quelle qu'ascendance britannique, il aurait pu lui présenter la situation par un très absurde : « Cela va sans doute vous étonner. Comme nous n'avons trouvé ni fleur, ni chocolat, nous avons opté pour un cadavre. ».

03

Il existe de nombreuses façons de mourir.
Cependant, il est possible de les regrouper en trois catégories : naturelles, accidentelles ou volontaires. La première est du domaine des maladies ou de la survie animale, la deuxième contient toutes celles que l'on peut qualifier de : « au mauvais endroit, au mauvais moment ». Quant à la dernière, c'est le domaine réservé de l'être humain. À bien y réfléchir, la mort de Viggo était un mélange de tout cela. Question de survie pour Émilie, manque de chance pour le colosse italo-suisse et meurtre à l'arme blanche, qui, fallait le reconnaitre, était la meilleure invention pour tuer en combat rapproché.
Subséquemment, il n'existe que deux façons d'annoncer la mort de quelqu'un : soit en louvoyant, soit frontalement. Après, ce ne sont que des effets de style allant du très imagé au plus cynique. Malik ne savait pas laquelle serait choisie par Émilie compte tenu des liens qui l'unissaient à sa tante.
Enfin, face à la mort, qu'elle soit celle d'un être cher, d'un inconnu ou d'une personne que l'on déteste, les tensions ressenties ont besoin de s'exprimer, de se libérer.

La plupart du temps, cela se manifeste par des larmes plus ou moins contenues, par des cris assourdissants ou intérieurs, par du réconfort recherché au creux d'une épaule, des besoins de chaleur contre la poitrine d'un ami. Ce sont aussi des envies de tuer, de maudire ou de renier ses propres dieux. Et parfois des envies de sexe. Animales, non préméditées et libératoires. Dans les faits, le plus dur face à la mort, c'est de continuer à vivre. Et chacun gère comme il peut.

Pour l'heure, Malik se souvint qu'il avait oublié de faire une chose, pourtant évidente : fouiller les vêtements de Viggo. Tandis qu'Émilie s'affairait à préparer le dîner pour l'arrivée de Sandra, Malik se rendit près du corps. Il avait enfilé des gants en latex, des roses, trouvés dans la cuisine. Précautionneusement, il défit les draps pour délivrer le corps. Il inspecta les poches extérieures et intérieures. Rien. Pas de papier d'identité. Pas de téléphone portable. C'était à la fois une bonne chose, mais aussi un peu embêtant. Un téléphone aurait permis d'accéder au répertoire téléphonique. Viggo et Barto étaient morts sans permettre de remonter jusqu'à Maxime. Il faudrait donc creuser d'autres pistes...
Il appela Émilie pour lui faire part de sa non-découverte et lui proposa d'aller se reposer en attendant le retour de Sandra.

Ils furent réveillés par un bruit de pneus sur les graviers de l'allée. Émilie se précipita pour accueillir sa tante. Malik regarda sa montre : ils avaient dormi plus de cinq heures. Il se rendit directement dans la cuisine et fut rejoint par Sandra et Émilie. Dès qu'elles entrèrent, Malik s'avança et tendit la main.

— Voici Malik. Tu sais. Je t'avais parlé de lui..., fit Émilie en désignant son ami.

La poignée fut franche et accueillante malgré le « bonsoir » courtois, sans plus, de part et d'autre. Malik fut frappé par l'étonnante ressemblance des deux femmes. Même forme du visage, fin et en amande, une bouche joliment esquissée avec la lèvre inférieure plus ourlée. Le même petit nez charmant. Jusqu'à ce grain de beauté au coin de l'œil. À gauche pour Émilie, à droite pour Sandra. Seule la couleur des yeux différait, d'une teinte vert foncé presque marron pour Sandra. Sa coupe de cheveux plus courte, son port du buste plus droit ainsi que des mains plus manucurées, mais qui trahissaient l'âge de sa propriétaire, terminaient de singulariser cette tante si souvent citée par Émilie avec une infinie tendresse. Il en ressentit une vive émotion qu'il tenta de ne pas manifester. Ce qui lui fut facilité par la diversion d'Émilie qui s'empressait de prendre soin de sa tante. Ils s'assirent dans la cuisine tandis qu'Émilie leur apporta thé et café. Sandra semblait sur la défensive devant tant de prévenance de la part de sa nièce. Cette attitude lui conférait un charme indéniable, mélange de classe bourgeoise et de curiosité enfantine. Ne prêtant qu'une attention modérée à leur conversation, Malik s'attarda sur les vêtements de Sandra. Sa veste découvrait un chemisier couleur pêche et était légèrement écartée par la poussée d'une poitrine qu'il devinait de belle facture, sans doute mise en valeur par un soutien gorge renforçant son maintien. Ses jambes, légèrement croisées de côté sous la table, étaient revêtues du pantalon un peu bouffant, typique des cavalières. Celui-ci révélait néanmoins des cuisses fermes et sportives, dues à ses longues heures d'équitation. Soudain, revenant sur le dessin de la bouche de Sandra, il remarqua qu'elle semblait troublée, voire inquiète. Il saisit enfin ce dont Émilie s'entretenait avec sa tante :

— Il est... dans le salon, contre la baie vitrée, termina Émilie dans un souffle.

Un nouveau long silence s'ensuivit. Sandra passa une main sur son front, sur ses lèvres et lâcha :

— Putain... c'est pas possible... s'exclama celle-ci en se levant, dans un crissement de chaise sur le carrelage, pour se précipiter vers le salon.

Le couple échangea un regard inquiet.

— Tu crois que... ? demanda Malik
— Non, elle ne fera rien contre nous. Elle ne nous dénoncera pas, si c'est ça qui t'inquiète, le rassura Émilie.

Les minutes furent longues jusqu'au retour de Sandra. Les quelques traces d'humidité sur ses mèches de cheveux laissaient à penser qu'elle venait de passer de l'eau sur son visage pour se donner une contenance. Sans doute aussi pour essayer d'effacer le souvenir de ce qu'elle venait de voir. Avec détermination, elle prit la parole :

— On va l'enterrer sous le massif de roses que j'ai refait jeudi. On le fera ce soir dès que la nuit sera tombée. Personne ne nous verra là où il est. J'ai deux pelles. Nous devrions nous en sortir en nous relayant.

La suite fut un enchaînement d'actions précises et ordonnées. Elle se servit un café, l'avala « cul sec », retourna dans l'entrée sous les yeux médusés de Malik et d'Émilie, prit ses bagages et monta à sa chambre. Puis ils entendirent le bruit de la douche. Malik se surprit à imaginer Sandra nue, repliée au fond de la baignoire en position fœtale, laissant l'eau lui couler dessus. Comme pour se débarrasser de toute la crasse que sa nièce venait de mettre dans sa vie. Elle redescendit quelques minutes plus tard pour dîner. Ce qu'ils firent sans un mot, à part quelques banalités d'usage. Malik n'eut pas la force d'égayer l'atmosphère, de plus en plus lourde au fur à mesure que le repas se terminait dans le soleil déclinant, filtré par les voilages de la cuisine. Le moment de se débarrasser du corps approchait inexorablement. Pour Malik, pour la deuxième fois de la semaine, il assisterait à un rite funéraire.

Sandra s'en alla chercher les pelles et le matériel de jardinage nécessaires à l'entreprise. Avec Émilie, elle enleva les rosiers qu'elle avait plantés avec tant de patience et d'attention quatre jours plus tôt. Chaque motte de terre et racines déterrées lui faisaient mal. Mais elle n'en montra rien. Puis, ils creusèrent en silence, seules Émilie et Sandra se relayaient, Malik refusant de se reposer et de lâcher la pelle. Ce qu'il n'avait pas fait pour son père, il le faisait pour un inconnu. Et aussi, voire surtout, pour la femme qu'il aimait. Il y avait d'autres options sans doute, mais pas là, pas aussi vite. L'urgence avait commandé. Et Sandra avait proposé une solution.

Les femmes sont remarquables dans ces instants où tout peut basculer. La survie leur dicte toujours une solution pour se protéger et pour que la vie puisse continuer. Pas sans douleur. Au-delà parfois de toute considération morale ou légale. Mais vivre ou survivre a un prix : celui de son innocence. Tous trois en avaient conscience. À chaque pelletée jetée sur ce corps désormais mis en terre, Émilie, Sandra et Malik s'interdisaient tout retour en arrière. Ils ne pourraient plus se voir de la même manière désormais. La complicité née des confidences entre la nièce et sa tante, l'amour-passion né à la lumière de la Tour Eiffel entre les deux amants, l'amitié qui aurait pu naître entre Sandra et Malik, tout cela venait d'être cimenté pour toujours par un accord tacite reposant sur un crime. Par des kilos de terre couvrant un cadavre, quelque part dans le jardin d'un pavillon en Vendée.

Quand ils eurent fini leur funeste besogne, Malik et Émilie montèrent pour se laver et se coucher, tandis que Sandra restait dans le salon, pensive, le regard dirigé vers le massif de rosiers. La maison fut plongée dans un silence qui enveloppait d'un linceul les pensées de chacun et tentait de recouvrir les tensions qui les habitaient.

Une fois déshabillés dans la salle de bains, Émilie commença à faire couler l'eau du pommeau accroché à la mosaïque de la baignoire. Malik la tourna vers lui, lui saisit les jambes et l'agrippa contre lui. Il l'embrassa dans le cou, puis descendit sur les seins de la jeune femme qu'il suça avidement. Émilie s'accrocha à lui et lui griffa les épaules puis les hanches tout en lui rendant ses baisers. La verge de Malik la pénétra d'un seul coup et resta ainsi en elle, la parcourant d'ondes électriques. Puis, il l'entreprit avec vigueur de plus en plus vite et de plus en plus profondément, la cognant contre le mur. Ses pensées et ses sensations s'emmêlaient, mélange d'envie de baiser toujours plus et de culpabilité de cet acte alors qu'ils venaient d'enterrer quelqu'un. Envie de défoncer sans retenue sa partenaire dont chaque atome faisait résonner les siens, tout excité aussi par la présence voisine de Sandra. Cette prise sauvage les excita tellement que le plaisir monta rapidement. Émilie se mordit l'index pour que sa jouissance n'envahisse pas l'étage, elle ferma les yeux et se laissa aller, sans un cri mais intensément fusionnée à son amant. Ils étaient en suspension, libérant toute leur énergie dans cette étreinte libératrice. D'un coup, mus par la même sensation, ils s'embrassèrent pour étouffer leur orgasme...

Ils finirent leur toilette, se séchèrent l'un l'autre avec tendresse, vêtirent des dessous et allèrent se coucher.

Malik se réveilla quelques minutes plus tard en entendant du bruit venant de la chambre de Sandra. Émilie n'était pas à ses côtés. Lentement, il ouvrit la porte et vit ces compagnes d'infortune traîner péniblement un matelas. D'un geste machinal, il les aida à le transporter dans le bureau. Puis Émilie et lui retournèrent dormir.

* * *

Au matin, l'esprit brumeux, il se leva, se dirigea vers la salle de bains, pris une douche puis rejoignit Sandra à la cuisine. Quant à Émilie, elle réservait une chambre d'hôtel par téléphone. Une fois réunis et attablés, tous trois se regardèrent sans dire un mot mais avec sourire, tandis qu'ils se servaient du café ou se tendaient beurre demi-sel et confitures. Chacun savait le pacte d'amitié et de confiance qu'ils avaient signés ensemble.

Un peu plus tard, tandis qu'Émilie finissait de préparer leurs bagages, Malik était allé chercher la voiture, passant discrètement par la haie. Il revint l'air de rien, en ayant juste été arrêté par un policier qui lui avait demandé ce qu'il faisait ici à une heure si matinale. Ce à quoi il avait répondu qu'il avait roulé toute la nuit pour venir chercher sa petite amie, quelques maisons plus loin. Il remarqua que la voiture de Barto avait été enlevée. Seules des traces sombres sur le bitume fondu laissaient deviner qu'un véhicule avait brûlé. Il se gara en marche arrière dans l'allée, juste devant le RAV4 de Sandra. Émilie et sa tante se tenaient devant l'entrée. À terre, un grand sac à dos dans lequel la jeune femme avait réuni des affaires pour une petite semaine. Sandra s'adressa aux deux amoureux, avec émotion :

— Faites attention, tous les deux. Du fond du cœur... Ne faites pas de connerie, surtout.

Émilie se jeta à son cou et l'embrassa longuement.
— T'inquiète pas. Nous serons prudents.

Malik s'approcha à son tour, pris Sandra dans ses bras en lui murmurant : « Je prendrai soin d'elle, je te la ramènerai... » et il lui adressa un clin d'œil en se retirant de son étreinte. Avec Émilie, il se dirigea vers la voiture, ils déposèrent le sac dans le coffre et s'installèrent. Contrairement à son habitude, Malik ne caressa pas le volant, et introduisit brusquement la clef de contact et la tourna d'un coup sec.

Au moment d'appuyer sur l'accélérateur, il croisa le regard de Sandra. Ils n'eurent pas un mot, mais tous deux savaient qu'ils ne se reverraient pas.

02

Leur voyage allait durer plus de huit heures. Sept cent vingt kilomètres d'Ouest en Est en passant par Nantes, Angers, Tours, Bourges, Montluçon, Mâcon. Ils avaient choisi l'autoroute, pour son côté pratique et rapide... De fait, ce trajet fut plutôt agréable, notamment grâce à une météo clémente et à la traversée de la vallée de la Loire. Ils firent une première pause à Saumur vers 11 heures. Émilie en profita pour faire des recherches sur Rose Tcharabouchian, la mère de Maxime et passa quelques coups de téléphone. Par chance, son deuxième appel sembla être le bon, puisqu'elle obtint un rendez-vous pour le lendemain. Par précaution, ils décidèrent qu'elle s'y rendrait seule. « Deux femmes entrent plus facilement en confidences sans témoin », avait fait remarquer Malik. Ils repartirent un quart d'heure plus tard, avec Émilie comme pilote. Malik était désormais en totale confiance et il aimait profiter de ce sentiment léger et fluide d'être conduit.

Néanmoins, pour ne pas rester inactif, il lui raconta des anecdotes sur sa courte carrière dans l'armée. Il insista sur sa formation militaire initiale et la première fois où il avait dû monter et démonter son

FAMAS [2] et cette « saloperie de bidule » qu'on appelle « la tête de Mickey ». Trois toutes petites pièces en métal qu'il convient d'introduire simultanément dans une sorte de cylindre. Trois pièces posées sur ressort à bien placer pour ne pas perdre de temps, chose compliquée si l'on est muni de gros doigts. 4 minutes 39 au chrono. Bon dernier, il avait payé son pack de bière à la section. Bref, il n'avait jamais été monteur/démonteur numéro *uno* lors des exercices ou des concours. Mais il se rattrapait au tir. Meilleur tireur de son escadron pendant deux ans, jusqu'à l'arrivée du caporal Morgavino. Alessio de son prénom. Une précision inégalée au niveau du régiment. D'ailleurs, ses exploits et étonnamment son commandement lui permirent de partir rejoindre les forces spéciales où il devint un expert en tir au PGM Hécate II. Pour certains, il était ce tireur de la 3e Brigade mécanisée qui avait réussi un tir à 1667 mètres en 2012. Malik n'en était pas sûr et il n'avait pas pu vérifier[3]. Il avait coupé les ponts en quittant l'armée. Sauf quand l'actualité, au gré d'un cortège sur le pont Alexandre III, lui rappelait que le soldat honoré aurait pu être lui. Il avait ce pincement vif

---

[2] Fusil d'assaut manufacturé à Saint Etienne. Commandé et mis en service dans les années 1970 par les forces armées française, le FAMAS (ou FA-MAS), nommé « fusil d'assaut de 5,56 mm modèle F1 MAS », allie puissance, encombrement réduit et facilité d'utilisation et d'entretien.
[3] L'Hécate II est un fusil de précision à verrou en calibre 12,7 mm. Le tir mentionné a été réalisé en Afghanistan et demeure un tir de référence. L'identité du tireur n'a pas été révélée pour des raisons de sécurité.

que connaît tout militaire, qui renvoie au sens de l'engagement et du sacrifice. A sa propre mort. Cette compagne qui chausse vos *rangers* chaque fois que vous partez. Un camarade était tombé loin de chez lui.

La lecture des panneaux indicateurs permit à Malik de ne pas être trop nostalgique d'une époque, certes riche d'expériences et de rencontres, mais aussi de moments de détresse intense et de remise en question. Ces panneaux le faisaient voyager au gré des terrains de football de Ligue 2 et de National et lui rappelait combien le niveau du foot hexagonal était tombé dans l'ennui dû à la frilosité tactique générale. Heureusement, Émilie se tenait à ses côtés. Qu'elle soit conductrice ou passagère, elle demeurait cette excitante compagne pour laquelle il aurait voulu rouler, rouler et rouler encore sans jamais s'arrêter. Sauf pour faire l'amour dans tous les paysages que la Terre puisse créer, pour offrir un écrin à chaque fois différent à leurs ébats enivrés.

Il aurait voulu ne jamais arriver au Griffon d'or, que la route se poursuive encore longtemps. Force fut de constater qu'hormis la référence à Harry Potter, l'hôtel choisi par Émilie était parfait... Avant de s'endormir, ils fixèrent le programme du lendemain, avec le rendez-vous pour Émilie et la reconnaissance par Malik du lieu où Maxime devait retrouver ses « clients ». Ils prirent le temps de faire l'amour, malgré la fatigue accumulée durant ces dernières quarante-huit heures.

Malik se réveilla plus tôt avec une idée bien précise : se procurer un gros feutre noir, des protections auditives, des pétards, des pistolets à air comprimé et de la corde. Sans connaître le futur terrain où allait se déroulait l'entrevue, il savait que la partie serait compliquée à jouer. Il avait retourné dans sa tête les diverses options offensives et défensives dont il disposait. La situation était simple : il était seul, faiblement équipé, en territoire inconnu. Et amoureux.

Il trouva tout ce dont il avait besoin dans la zone commerciale située à quelques minutes de l'hôtel. En rentrant, sans faire de bruit, il prit une serviette de toilette et la déposa de tout son long sur la table qui servait de bureau. Il sortit les Glock de son sac à dos et les déposa sur la nappe improvisée...

— Qu'est ce que tu fais ? demanda Émilie quand elle se réveilla, tandis que Malik lui tournait le dos, assis au bureau de la chambre.
— Je vérifie les armes. Bon, elles sont nickel, sans doute un peu trop neuves. Les queues de détente sont dures..., répondit-il froidement.
— C'est mieux que les queues soient dures, non ? fit-elle avec complicité en s'approchant de Malik.
— C'est pas faux... Bon, malheureusement nous n'avons plus vraiment le temps de nous amuser. Nous ne savons pas sur combien et sur quel genre d'hommes nous pourrions

tomber. Ce que je sais en revanche c'est que nous n'avons que deux armes, quatre chargeurs et quarante cartouches. Malgré mon entraînement, cela fait bien quatre ans que je n'ai pas tiré, donc je serai forcément moins précis ; et toi, sauf info nouvelle, tu n'as jamais touché une arme à feu...

— Détrompe-toi, j'ai déjà utilisé une carabine... à une fête foraine, fit remarquer la jeune femme pour détendre l'atmosphère.

— C'est mieux que rien... Pendant que tu dormais, je suis allé chercher du matériel qui nous servira. Tu as cinq minutes pour t'habiller, nous partons nous entraîner.

Vingt minutes plus tard, les deux amants se tenaient au milieu d'une ancienne carrière bordée d'arbres, avec quelques monticules de graviers et de pierres. Malik avait repéré l'endroit grâce à Google Earth.

À l'écart des habitations, cette carrière était parfaite pour la séance de tir qui allait suivre. Malik se tenait devant Émilie, les jambes légèrement écartées, avec dans ses mains l'un des deux Glock 29 :

— Comme nous sommes pressés, il va falloir que tu sois concentrée. Nous avons deux objectifs à atteindre : te permettre d'acquérir une certaine précision au tir en ambiance stressante et ne pas gaspiller de cartouches. Tout d'abord, nous allons vérifier quel est ton « oeil directeur », c'est-à-dire celui avec lequel tu vises, puis nous allons travailler ta position de tireur debout et à genoux. Je t'entraînerai à tirer dans un premier temps avec les faux pistolets, puis en condition sonore difficile et en mouvement et, enfin, nous utiliserons un chargeur pour que tu aies toutes les sensations de l'arme en condition réelle. Ça te va ?

— Euh... ben, oui, c'est toi qui sais ce qu'il faut faire, répondit timidement Émilie, tout en se montrant très déterminée, voire un peu excitée.

La suite de la matinée fut donc consacrée à l'apprentissage du tir par Émilie, qui montra de belles dispositions pour cet exercice.

Elle assimila rapidement les points de sécurité à vérifier, puis les bases du maintien de l'arme, du nécessaire contrôle de la respiration au moment du « lâcher », c'est-à-dire de la pression du doigt sur la détente, de l'accompagnement maîtrisé de l'arme au moment du recul et de la coordination visuelle à avoir pour la « ligne de visée », cette droite théorique allant de l'œil du tireur au point à toucher en passant par les instruments de visée. Le plus difficile pour elle consista à bien maîtriser la pression exercée par l'index sur la queue de détente. En effet, la partie la plus sensible de l'index se situe au niveau de la pulpe de la dernière phalange. C'est cette partie de l'index qui doit être au contact de la queue de détente. Or, de par son métier de journaliste, cette partie s'était endurcie à cause des heures de frappe sur un clavier. Ceci eut pour conséquence directe de provoquer de nombreux « coups de doigt », qui rendaient ses tirs et sa précision plus aléatoire. Au fil des conseils de Malik et à force de répétitions, Émilie parvint enfin à effectuer des tirs corrects, c'est-à-dire atteignant les cibles à une distance d'environ dix à vingt mètres. Intérieurement, Malik était fier de son élève qui intégrait rapidement ce qu'il lui disait et le retranscrivait facilement. Même lors de l'exercice « sonore », la jeune femme fit preuve de concentration et d'une farouche détermination à acquérir les bons réflexes. Pourtant, l'exercice consistait à se déplacer d'un point vers un autre, tandis que Malik lui tirait dessus avec des pétards. Elle devait le regarder, éviter de rester sur place, continuer d'avancer pour se mettre en position de tir, soit debout, soit à genoux et atteindre des cibles préalablement désignées. Il ne restait qu'une chose à faire : tirer à balles réelles.

Malik avait trouvé des cartons sur lesquels il avait dessiné grossièrement des silhouettes de buste d'homme. Cinq cartons, comme autant de balles qu'Émilie pourrait utiliser. Puis il lui avait indiqué un parcours qu'elle devrait effectuer en vingt secondes, tout en tirant sur les cibles. Elle le fit deux fois avec une arme factice, avec deux cibles touchées pour la première et quatre pour la seconde. Là encore, Malik avait lancé des pétards pour augmenter la difficulté de concentration. Vint la situation réelle. Malik lui tendit le Glock 29 et un chargeur rempli à moitié. Émilie soupesa l'arme longuement, avec fascination, puis elle la contrôla en pointant le canon vers une direction non dangereuse et vérifia les sécurités. Elle s'avança jusqu'au point de départ, leva l'arme devant elle, les bras légèrement pliés, l'index droit sur la pontet. Sécurité déverrouillée. Malik lui cria « Go ! ». Il la vit courir vers le premier monticule, s'agenouiller, viser la première cible et tirer. Puis, elle fonça vers le deuxième point qui se situait derrière une remise à outils en bois. Juste avant de l'atteindre pour s'abriter, elle se cabra, se fixa solidement sur ses jambes et délivra le feu sur la deuxième cible. La troisième cible fut également touchée. La quatrième manquée et la dernière explosée. Émilie était en sueur, mais ravie. Des yeux d'enfant comme après avoir commis une bonne blague. Pétillants et joyeux. Malik s'approcha d'elle en l'applaudissant, puis l'embrassa fougueusement. Émilie, lentement, déposa son arme encore chaude sur le sol et dézippa le pantalon de son homme...

Ils rentrèrent à l'hôtel, pour qu'Émilie puisse se refaire une beauté avant sa rencontre avec Rose Tcharabouchian. Ensuite, Malik la déposa et partit reconnaître l'endroit où devait se tenir le rendez-vous, dont ils avaient pris connaissance en parcourant les documents de Maxime.

Il s'agissait d'anciens locaux désaffectés d'ILDC, une société de transport spécialisée dans le gros équipement, situés dans une zone industrielle abandonnée. Entrer dans les lieux ne présenta, curieusement, aucune difficulté. Pas de système de surveillance ou de gardiennage, juste une longue grille sur rails à pousser. Pour l'entrepôt, la porte « Entrée du personnel » avait été fracturée.
Armé de son Glock, Malik pénétra dans les lieux. Comme il faisait jour, l'endroit était éclairé d'une lumière blafarde, passant par les larges et hautes baies vitrées situées dans la toiture et couvertes de la crasse due au manque d'entretien. Ces locaux correspondaient à ce que Malik en avait supposé.
La zone était spacieuse, entrecoupée de six quais de chargement, tous reliés par une coursive en béton. Quelques pylônes tenaient la structure du bâtiment. Enfin, deux escaliers menaient de part et d'autre à des bureaux situés à environ trois mètres au-dessus du sol. Ces bureaux permettaient d'avoir une vue panoramique sur l'ensemble du plateau de livraison. Ils offraient surtout à Malik une option

tactique intéressante, notamment en cas de surnombre de ses opposants. Émilie et lui devraient absolument tenir ce point, car il leur permettrait aussi de s'enfuir par la deuxième porte en bas de l'autre escalier. Pour se donner plus d'angle pour viser, il brisa le reste des fenêtres de ce bureau. Cela leur éviterait d'être blessés par des éclats de verre en cas de tirs dans leur direction.

Malik redescendit pour refaire le tour du site et vérifier que la porte qui leur servirait de sortie était bien ouverte. Ce qu'elle n'était pas. À défaut de trouver quelque chose qui puisse servir de « bélier », Malik s'empara d'une barre en métal, assez lourde, mais qui présentait l'avantage d'être plus fine à son extrémité. Il mit cette partie au niveau de l'interstice de la poignée de la porte, donna un grand coup sec tout en faisant levier. La porte s'ouvrit en donnant sur l'arrière de l'entrepôt. Là, il serait possible de garer la voiture, cachée derrière une pile de palettes. Malik pointa rapidement tous les éléments qu'il venait de découvrir.

En gros, si l'ennemi présentait une force d'une capacité inférieure à dix hommes et sans arme automatique, ils pourraient s'en sortir. Malik repartit plus confiant qu'en venant. Le plan était clair. Pas idéal, mais réalisable.

Malik retrouva Émilie quelques minutes plus tard autour d'un mojito et ils échangèrent les informations qu'ils avaient obtenues. Si la piste de la mère de Maxime n'offrait, hélas, aucune perspective concrète, elle avait permis de faire un éclairage plus précis sur la personnalité trouble, voire démente de celui-ci.

Grâce à la reconnaissance effectuée par Malik à l'entrepôt, le coup de poker d'essayer de cueillir Maxime sur son lieu de rendez-vous devenait une option jouable, avec quelque chance de succès. Les deux amants se regardèrent longuement, les mains jointes, pleins de confiance et d'amour l'un pour l'autre. Ils savaient qu'ils ne reculeraient pas, quelle que soit l'issue.

01

Pour se donner une marge, Émilie et Malik arrivèrent à 9 heures. Ils avaient une heure d'avance sur l'horaire prévu du rendez-vous. Une heure d'attente et d'espoir. Au fond d'eux, une incertitude demeurait : Maxime avait-il annulé le rendez-vous, n'ayant pas de nouvelle des hommes qu'il avait envoyés ?

Quand ils pénétrèrent dans l'entrepôt par la porte arrière, il régnait un silence de cathédrale. Immense et effroyable. Émilie frissonna. Malik lui prit la main et lui indiqua l'escalier. Ils montèrent au bureau et le jeune homme lui expliqua le plan.

— Quelles que soient les options, nous allons être en infériorité numérique. En hypothèse basse, c'est un *deal* classique entre personnes qui se font confiance : Maxime vient avec deux personnes et en face ils sont autant. Soit six adversaires. Nous sommes deux, cela reste un rapport de force acceptable. Dans un cas moins favorable, l'un des camps se méfiant de l'autre, il y aura forcément plus d'hommes. Et là, cela deviendrait compliqué. Pour s'en sortir, il faudrait qu'ils se

neutralisent... Ce qu'ils ne feront pas si Maxime n'est pas là... Quoi que...
— Ben, oui, s'ils ne voient pas l'autre connard, soit ils tirent dans le tas, soit ils se débinent et s'en vont, non ?
— C'est un peu ce que j'espère... Allez, viens, allons prendre position.
— Oh oui, allons prendre position, fit elle avec une petite moue aguicheuse.

Malik n'en revenait pas de la transformation de la jeune femme. Depuis l'entraînement, elle semblait prendre tout comme un jeu vidéo. Avec gourmandise et assurance. À la fois intrépide et confiante en son étoile. Ce qui pourrait s'avérer dangereux le moment venu. Une seconde d'inattention suffit pour se prendre une balle... Malik chassa cette pensée de son esprit. Il devait rester concentré. La partie serait difficile à mener. Il s'employa à détailler à Émilie ce qu'il attendait d'elle.
Dès que Maxime ferait son apparition, elle devrait le faire monter pour parler. Là, ils le tueraient. Idéalement, ils devaient quitter les lieux avant l'arrivée des autres malfrats. Autrement, il était crucial de rester au niveau du bureau pour avoir l'ascendant sur les futurs adversaires. Ils auraient la meilleure vue pour abattre leurs opposants. Compte tenu de leurs munitions, Malik se servirait des pistolets à air comprimé et des pétards pour créer des diversions, ce qui permettrait à Émilie d'ajuster ses cibles. Puis, quand il lui en donnerait l'ordre, elle devrait descendre les escaliers le plus

rapidement possible pour atteindre la porte, tandis qu'il la couvrirait. Émilie fit signe du menton qu'elle avait bien compris le plan, s'approcha de Malik pour l'embrasser et lui chuchota : « Ça va bien se passer, on est ensemble et je t'aime. ». Ces trois petits mots touchèrent le jeune homme en plein cœur. Pour la première fois. Jamais une femme ne les lui avait dits avec autant de sincérité et de force. Et pourtant, il en ressentit une tristesse infinie, par peur de ne plus jamais les entendre.

Les minutes furent longues. Malik jetait régulièrement un œil à sa montre puis souriait à Émilie qui le regardait. Il aurait voulu la déshabiller et l'aimer encore une fois... Une dernière fois ?... Il paraît que le guerrier sait lorsque son heure a sonné. Et il l'attend avec vaillance et détermination pour que son chant du cygne résonne pour la postérité. Même si Malik ne se sentait pas l'âme de ces héros légendaires, en lui résonnait néanmoins un rythme martial scandé par des lames sur des boucliers. Les minutes étaient des tambours martelant le pas cadencé des hoplites, des légionnaires ou des vikings, renforçant à chaque battement son ardeur pour la lutte. Il était glace et feu. Déterminé à gagner pour sauver Émilie. Il était ce chevalier sans armure, prêt à offrir sa poitrine aux balles. Toute sa chair brûlait de l'adrénaline qui progressivement l'irriguait, tandis que son attention se fixait sur les lieux, il déplaçait ses adversaires, imaginait leurs mouvements et la riposte à adopter afin de les amener à manœuvrer comme il le souhaitait. L'objectif était désormais clair. Ce fut à ce moment de sa réflexion qu'ils entendirent un moteur, puis le crissement de pneus sur le sol. Malik et Émilie se turent, dissimulés dans la pénombre de leur position. Une porte s'ouvrit, puis claqua et ils entendirent une voix : « Putain, je le sens pas, mais vraiment pas. Ils vont me la faire à l'envers ces enfoirés... ».

Malik vit Émilie se lever et s'approcher de l'entrée du bureau, avec, lui sembla-t-il, moins de contenance, plus de fébrilité. Il fut rassuré quand il l'entendit appeler :
— Maxime, Maxime, c'est toi ? C'est Émilie...
— Émilie ? Qu'est ce que tu fous là ? répondit une voix grave mais empreinte d'étonnement.
— Je veux qu'on arrête tout. Que chacun d'entre nous vive sa vie... Monte, j'ai tes papiers et je vais te signer un retrait de plainte. Tu peux même m'enregistrer si tu le souhaites.

Émilie jouait sa partition à merveille, avec un ton calme et chaleureux, presque avenant.

Malik entendit les pas se rapprocher et soudain marquer une pause. La voix grave reprit :
— Dis donc, Em', tu ne me prendrais pas pour un con des fois ? Tu crois que je vais venir comme cela ? Trois jours que je n'ai pas de nouvelles des personnes que j'ai envoyées à ta recherche. Et toi, t'es là comme une fleur, la bouche en cœur, à minauder.

— Non, Max, ce n'est pas ce que tu crois. Je veux vraiment tirer un trait sur toute cette merde. Si je suis là, c'est parce que j'ai compris que les papiers que tu voulais concernaient des rendez-vous. Il y en avait un aujourd'hui... C'est pour ça que je suis là. Quant à tes sbires, je les ai vus en sortant de boîte et c'est tout. Mais si tu ne veux pas de mon offre, pas de souci, je me casse et rendez-vous au tribunal...

À cet instant, tout bascula. Malik entendit les pas se rapprocher, Maxime devait être en train de monter les marches. Il vit Émilie passer devant lui affolée, suivi de son ex. Il entendit une détonation et une exclamation : « Sale petite conne, tu vas me payer ça... » Alors Malik surgit de dessous le bureau et saisit Maxime par la taille l'envoyant contre une armoire. Celui-ci fut sonné.

— Émilie, passe-moi la corde, vite ! cria Malik.

La jeune femme obtempéra, lui donna ce qu'il demandait. Il saisit les poignets de Maxime et les noua. Avec un couteau suisse qu'il portait à sa ceinture, il coupa la corde, puis il redressa Maxime et le fit s'asseoir sur un fauteuil. Il l'entoura du reste de corde, solidement fixé.

Maxime rouvrit les yeux un peu plus tard. Il considéra Émilie et Malik, d'abord stupéfait. Il afficha son petit air dédaigneux et arrogant, ce même visage qu'il avait eu près du petit Michaël en train de mourir. Malik le tenait en joue tout en respectant une distance de sécurité. Il se concentrait pour ne pas laisser jaillir sa rage. Ce qui ne fut pas le cas d'Émilie...

Elle s'approcha de lui, pleine de colère, gifla son ancien amant et lui demanda :
— Pourquoi m'as-tu envoyé tes deux clébards ? Je te les aurais rendus, tes papiers à la con !

Elle sortit les feuillets de la poche arrière droite de son jeans et les lui balança à la figure. Elle reprit :
— Ils ont failli me tuer ! Pourquoi ?
— Je vois que tu es toujours en vie, constata Maxime avec ironie.
— Ta gueule ! intervint Malik en lui assénant le coup de poing qui le démangeait.
— Réponds, crétin, enjoignit Émilie.

Maxime lança un regard furieux à Malik et répondit en fixant Émilie droit dans les yeux :
— Ils devaient juste vous surveiller et te faire peur, rien de plus. Et puis, les poulets se sont intéressés à moi d'un peu trop près, après ta plainte ! Tu n'espérais quand même pas que je te laisse t'enfuir et refaire ta vie tranquille, salope !

Malik se rendait bien compte que l'échange ne mènerait à rien, qu'aucune issue positive ne serait trouvée. D'autant que Maxime s'en prit à lui avec des sous-entendus racistes à peine cachés. Ce fut à ce moment qu'Émilie ne contrôla plus rien...

Tandis qu'elle parlait à Maxime, elle approcha son Glock du genou gauche, appuya sur la queue de détente et lui explosa la rotule. Maxime hurla des insanités de douleur.

Froidement, Émilie visa le second genou et tira de nouveau. Maxime tentait, malgré la douleur, de garder sa superbe et continuait d'insulter et de titiller la jeune femme avec un ton plein de morgue. Elle le regarda fixement, les yeux comme deux lames de glace. Malik ressentait un certain effroi devant l'infaillible détermination de son amante. Une gifle traversa l'espace et décrocha la mâchoire de Maxime. « Pour avoir abandonné tes parents », argumenta Émilie en terminant son geste.

Un dernier coup de feu atteignit Maxime dans le bide. « Pour m'avoir obligée à tuer un homme ». Le sang coulait déjà et Maxime ne pouvait rien faire. Il savait qu'il n'en aurait pas pour longtemps. La douleur et la faiblesse commençait à lui faire tourner la tête. Mais il ne voulait pas faire plaisir à ses adversaires. Alors, il crâna une dernière fois :
— À quoi bon m'excuser ? fit-il à bout de forces. Tu m'as déjà jugé.
— T'es de toute façon pas du genre à t'excuser, intervint Malik. Bon, j'en ai marre de ton petit air suffisant. Tu ne regretteras rien. Con un jour, con toujours. Y a rien à tirer de toi... Alors, regarde-moi attentivement...
Là, tu me remets... Non ? Bien sûr que non ! Nous sommes tous des Mouloud, des crouilles, de l'engeance de merde, des

enculés de maghrébins qui viennent vous prendre du boulot et baiser vos femmes... Juste bon à ramasser tes poubelles de petit français bien propre...
Alors, regarde-moi bien Maxime Tcharabouchian. Regarde bien mon visage, parce que c'est tout ce que tu vas emmener en Enfer.
Alors, maintenant, ouvre la bouche..., lui dit-il en insérant le canon en acier de son Glock entre les dents de Maxime. Allez... Ouvre... Encore un peu plus... Voilà, comme ça... Pour mon petit frère et pour ma mère...

Une détonation. Des cheveux, des éclats d'os et des morceaux de cervelle éparpillés dans une odeur de poudre... Des éclaboussures de sang sur le visage d'Émilie, qui se paralysa d'un coup. Malik, arme au poing fumante, le regard glacial, prit Émilie contre lui.

— Viens, Émilie, on dégage, j'ai entendu des voitures. C'est maintenant notre dernière chance de nous exfiltrer de ce merdier...

La porte principale venait de s'ouvrir avec fracas. Des hommes en débouchèrent tirant dans toutes les directions. « Franz, là-haut, couvre-moi ! » Des balles en rafale commencèrent à percer l'ouverture du bureau, martelant l'armoire métallique, et déchiquetant les lambris sur le mur.

— Merde, des AK108 [4] ! Émilie, prends ton arme, dirige-toi au fond de la pièce ! ordonna Malik en renversant la table du bureau face à la porte d'entrée.
— Non, je reste avec toi, lui cria-t-elle.
— Fais ce que je te dis !

Deux hommes venaient d'investir la pièce en défouraillant à tout va. Malik se redressa, arma, visa et tira deux fois. Le premier assaillant fut touché à l'épaule et le second en plein cœur. Malik se précipita sur le fusil automatique le plus proche, le saisit, se mit en position sur le rebord de la baie, alluma cinq pétards et tout en les jetant au hasard, déclencha un tir nourri circulaire vers le bas. Cette diversion lui permit de compter rapidement les huit hommes déployés sur le site. Trois au niveau des pylônes, trois dans les aires de livraisons à plat ventre et deux en bas de l'escalier de devant, dont l'un portait un lance-roquette anti-char AT4 CS, particulièrement efficace en espace confiné. Des tirs crépitèrent dans sa direction, il se baissa et rampa vers Émilie.

— Bon, Émilie, la situation devient critique. Leur armement et leur nombre sont supérieurs aux nôtres. Nous n'avons pas le

---

[4] L'AK108 (« Avtomat Kalachnikova ») est un fusil d'assaut automatique russe qui utilise des munitions de calibre 5.56. Son coût de fabrication très faible, sa robustesse, sa fiabilité et sa grande facilité d'entretien le rendent extrêmement populaire, en particulier auprès des guérillas et des pays ayant peu de moyens financiers. La série des AK a été produite entre 70 et 110 millions d'exemplaires depuis 1947.

choix, faut vite sortir par derrière. C'est notre seule chance.
— OK, on y va. On sort d'ici, Malik.

Ils se dirigèrent vers l'escalier arrière. Les balles sifflaient, ricochant sur les parois, déchirant les posters accrochés au mur, éventrant les armoires, faisant sauter les cartons et autres dossiers disposés dans les meubles...

Soudain, alors qu'ils arrivaient à l'arrière des bureaux, une déflagration projeta Émilie et Malik dans les marches. Couverts de poussière, ils se redressèrent néanmoins, un peu sonnés, les oreilles sifflantes. Les sons étaient atténués, une sorte de vacarme brumeux ne permettant de distinguer que des bribes de voix : « Allez... », « Ils sont là-bas... », « Vite, butez-les...! ». Malik reprit ses esprits. Il remarqua qu'Émilie n'avait plus son Glock et semblait encore sous le choc. Il s'agenouilla face aux ennemis et tira les dernières cartouches de son AK. Ils n'avaient plus rien pour se défendre. Il se retourna. La porte était à une distance de deux mètres. Jouable.

— On ne peut plus reculer, mon amour. Allez encore un effort, dit Malik avec force. J'ai vécu les plus beaux jours de ma vie, je t'aime tellement... Je te promets qu'on va s'en sortir. Tu me fais confiance ?

00

Malik lui prit la main et ils se précipitèrent vers la sortie de l'entrepôt. Trois hommes en treillis noir les attendaient, mitraillettes dans leur direction, prêts à faire feu. Ils se mirent à courir vers eux. Émilie, derrière, toujours accrochée à Malik. Une rafale de balles les faucha.

À terre, Malik regarda Émilie. Une larme coulait sur son beau visage, tandis que son corps était parcouru de soubresauts. « Je suis tellement désolée... », lui dit-t-elle faiblement.

Malik, le souffle irrégulier, approcha lentement sa main de la jeune femme. Tout son corps lui faisait mal. Il respirait difficilement. Il entendit des pas se rapprocher.

Il baissa les paupières d'Émilie et lui dit dans une dernière détonation : « Dors, mon cœur, j'arrive...».

Dans le lointain, des sirènes, des pneus qui crissent, des pas de course confus sur les graviers, ...

* * *

« Putain, j'ai mal. Je sens l'impact brûlant de chaque balle. Combien sont bloquées par une côte ou un organe. C'est irréversible. Une balle dans le cerveau, une dans le cœur et une dans le poumon, difficile d'en réchapper. C'est con, tout aurait pu bien se passer. Il y avait cette alchimie si rare entre nous deux. Un peu d'or transformé en plomb. Marrant ! Pas trop en fait...

Il a fallu que nos histoires nous rattrapent... Saloperie de destin. « Mektoub ! », comme disait Maman. Destinée, ironie, humour absurde, manipulation due à des forces supérieures, peu importe, c'est ainsi... Le pourquoi, en ce moment, clairement, je m'en tape. Je vais crever. C'est sûr.

Curieusement, je me sens bien. Allongé là, ton visage en face du mien. Ton merveilleux regard encore plein d'envie... Et de peur aussi. Je devine presque ta voix me dire câline et tendre : « Malik, je veux rester avec toi. Quel est l'intérêt de vivre sans toi ? ».

Vivre sans toi ? Troublante et organique question.

Je sais que pour moi c'est foutu. Fin de la route. Pour ta part, tu vas peut-être t'en sortir. En tout cas, c'est ce que j'aimerais. Moi mort et toi vivante. 50% de positif, c'est déjà bien par les temps qui courent, non ? Tu as encore tellement de choses à vivre. Perdre un mec, c'est pas la fin du monde, juste le début d'un nouveau.

Je te dis ça, mais j'en pense rien.

Je me parle tout seul, comme un con. Immobile. Le visage contre le béton. Vraiment pas convaincu par ce que je te dis.

Pourtant, à bien y réfléchir, que peut-il se passer ?

Pour la postérité éphémère d'un JT, j'aurais voulu être ton chevalier. Ce mec à l'ancienne, avec un nom d'agent secret. Celui qui t'a aimé. Mais, j'ai bien peur que ce ne soit pas cela qui soit retenu.

La médecine et la police voudront des explications. Tu subiras des examens et des interrogatoires… Face à ton mutisme ou amnésie, ils seront obligés de déduire et de faire « justice » avec ce qu'ils auront et ce qui sera médiatiquement acceptable. Trouver un angle pour vendre du papier. Alimenter le fil d'infos continu. Et faire sérieux avec des experts pour occuper l'antenne.

Alors, Émilie, voila comment je vois les choses. Parce que je les connais mes congénères.

Faut un truc simple et poignant pour faire la Une. Un truc qui prend aux tripes. Qui t'incite à suivre l'actu connectée… « Une femme maltraitée qui tombe sur un manipulateur, un pervers narcissique ». Là, on est pas mal. C'est tendance.

Notre histoire a tout d'une tragédie grecque moderne : l'homme qui t'avait pourri la vie était le meurtrier de mon frère. J'aurais provoqué notre rencontre. Je t'aurais aimé. J'aurais surtout profité de ton amour pour que tu m'aides à exécuter ma vengeance... Regarde, Émilie, elle tient la route leur histoire. Ton amie Caroline, Sandra et la mère de Maxime pourront en témoigner. C'est dans votre intérêt à toutes.

De toute manière, ne nous leurrons pas... Nous ne sommes qu'un fait divers... Bon, y aura sans doute un temps d'adaptation un peu compliqué pour toi, mais tout s'arrangera, tu verras. J'en suis sûr.

Quand l'heure viendra, quand tu auras vécu ce qu'il te reste à vivre, tu reviendras et je serai là. Encore...

Enfin, j'espère que la vie ne soit pas juste une parenthèse entre deux états pleins de vide.

Et puis, si ce n'est que cela... T'étais une jolie parenthèse. Pleine de feux, de sueur, de soleils étincelants, de chairs qui s'appellent, de complicité silencieuse. De jeux et de mots, de peurs et de morts, de larmes et de mains qui se trouvent.

Pleine de ton sourire. D'une nuit de printemps au-dessus de Paris. D'un coup de sac dans un escalier de métro.

Allez, mon amour, il est l'heure. Je dois y aller. Je le sens. Tu vas écouter ma voix et je vais décompter et à zéro, tu te réveilleras...

Dix...	ma vue se trouble.
Neuf...	les sons s'étouffent.
Huit...	ton visage s'efface peu à peu.
Sept...	ta peau... vanille, citron vert.
Six...	mes muscles se crispent.
Cinq...	mon souffle s'éteint.
Quatre...	mon cœur ralentit.
Trois...	ton sourire encore.
Deux...	te souvenir...
Un...	de presque tout...
Zéro...	sauf de moi !

« *La réalité, c'est ce qui refuse de disparaître quand on cesse d'y croire.* »
Philip K. Dick

Fred Daviken

COMPTES à REBOURS

Fins alternatives

00 V.1 - Maman

Il baissa les paupières d'Émilie et lui dit dans une dernière détonation : « Dors, mon cœur, j'arrive... ».

* * *

— Malik ! Réveille-toi ! Allez Malik, cesse de dormir...

Malik ouvrit les yeux. Il se sentait dans un état vaporeux. Très léger, presque intangible. Il sentait ses membres, mais ils semblaient être étirés, presque éthérés. Une sensation de membres en fait. Il voyait ses mains diaphanes. Instinctivement, il essaya de se toucher le torse, car il ressentait des fourmillements au niveau de la poitrine. Comme des petites décharges électriques à plusieurs endroits. Au niveau du cœur, des poumons, de l'abdomen, à la gorge et aussi dans le crâne. Puis, soudain, il prit conscience de ce visage plein de tendresse qui le regardait. C'était sa mère. Elle aussi était dans cet état presque fantomatique, hormis ses yeux d'une incroyable intensité. Deux pierres noires brillantes comme deux éclipses solaires.

— Maman ? Mais que fais-tu là ? dit Malik en se levant brusquement et jetant un coup d'œil périphérique.

Il lui semblait reconnaître le salon de l'appartement de ses parents, mais les murs et les angles tremblaient légèrement sur place. Toutes les couleurs étaient diminuées, comme surexposées. Il avait l'impression d'être dans un décor de théâtre ou une scène de vieux film colorisé et retravaillé en 3D. Sa mère se tenait devant lui, le regard aimant, les mains tendues affectueusement vers lui.

— Ben, nous t'attendions... Mais, pour être francs, pas aussi tôt. Même si, bien sûr, cela nous fait très plaisir de te retrouver, lui répondit-elle avec émotion.

Il pouvait deviner une larme naître à la commissure de l'œil droit. Elle se cala contre lui et l'embrassa. Malik sentait sa présence mais pas son corps. Par ancienne habitude, à son tour, il l'entoura de ses bras. Il y eut une sorte de résistance entre leurs deux enveloppes charnelles, qui leur donna la sensation du contact. Ils étaient habillés de longs vêtements blancs transparents qui ne laissaient pourtant pas voir leur nudité.

Malik flottait, sans être vraiment conscient de ce qu'il vivait. Il n'arrivait pas à saisir toute l'étrangeté de la situation, comme s'il s'éveillait d'une anesthésie. La mère de Malik invita le jeune homme à poser sa tête contre son sein, comme quand il était petit, pour le calmer ou atténuer ses angoisses.

— Malik, il faut que je te dise quelque chose d'important. Si nous sommes, là, tous les deux, c'est parce que... tu es mort.

— Je... Je... suis mort ? interrogea Malik troublé, les yeux mouillés et le regard dans le vide.

La mère de Malik resta silencieuse. Elle regardait son fils avec cette attention dont savent faire preuve les mères, quand leur enfant se confie. Avec cette tension intérieure pour masquer leurs pensées et trouver les meilleurs mots pour ne pas blesser.

- Toi et Émilie, vous avez été abattus par les comparses de Maxime. Pourquoi t'as fait cela ? Vous précipiter vers eux, sans munition ? demanda-elle avec beaucoup de douceur

- De quoi tu me parles, Maman ? Je ne sais même pas qui c'est, cette Émilie...

FIN

00 V.2 - Commissariat

Il baissa les paupières d'Émilie et lui dit dans une dernière détonation : « Dors, mon cœur, j'arrive… ».

* * *

— Monsieur Bonde, réveillez-vous !

Malik ouvrit les yeux et vit un homme qu'il ne connaissait pas, penché au-dessus de lui et qui le tenait par l'épaule gauche. Cet homme était de corpulence normale, habillé d'une chemise cravatée dont le nœud était descendu et dont le premier bouton du col était ouvert. Un jean's. Son haleine empestait le tabac froid, à peine camouflée par une légère odeur de menthe. Reste d'une gomme à mâcher sans doute…

« Euh… oui, c'est moi. Et vous êtes ? Et puis surtout je suis où ? » demanda-t-il à son interlocuteur tout en scrutant autour de lui. Il se trouvait dans une pièce assez impersonnelle, sans fenêtre, éclairée par une barre halogène au plafond, d'un tableau abstrait présentant une ligne noire surmontée de deux points rouges, d'un bureau en métal et de deux chaises. Une devant et une derrière. Un ordinateur et des dossiers étaient posés sur le dessus. Il y avait également une table basse avec deux tasses vides et une cafetière. Une porte au fond de la salle. Difficile de deviner où il se trouvait. En tout cas, ce n'était pas une chambre d'hôpital.

— Re-bonjour, Monsieur Bonde, le temps que vous retrouviez vos esprits, je vais effectivement répondre à vos deux questions. Je suis le lieutenant Maxence Le Guen [5], de la Direction régionale de la police judiciaire de Paris. Vous êtes dans mon bureau. Nous étions en train de discuter lorsque vous vous êtes évanoui.

— Ah ! fit dubitativement Malik. Et que fais-je dans le bureau d'un lieutenant de la DRPJ ?

— Vous étiez en train de me parler de mademoiselle Émilie Millet. Vous aviez juste abordé votre rencontre dans le métro et votre début de soirée chez Georges, ce restaurant situé en haut du Centre Beaubourg. Vous veniez de me décrire avec émotion votre premier baiser, que vous l'aviez raccompagnée chez une amie, que vous vous étiez donné rendez-vous le lendemain pour partir en week-end dans le Cotentin..., lui énuméra le policier sur un ton monocorde.

---

[5] Cf «Une trop longue attente » et « Pour un pénaly raté » dans le recueil « Avant que la vie ne nous sépare »

— D'accord, mais cela ne m'explique pas pourquoi je me suis évanoui, fit remarquer Malik avec un peu d'ironie.

— C'est arrivé au moment où je vous disais qu'il y avait un souci dans votre récit.

— Ah ! bon. Et lequel ?

— C'est tout simple, en fait. Il ne prend pas en compte le fait que nous ayons retrouvé Émilie Millet, rue Sainte-Croix de la Bretonnerie, près de Beaubourg, allongée et étranglée.

Finalement, les journées de merde peuvent durer plus de vingt quatre heures.

« *La réalité n'est qu'un point de vue.* »
Philip K. Dick

00 V.3 – Partir

Il baissa les paupières d'Émilie et lui dit dans une dernière détonation : « Dors, mon cœur, j'arrive… ».

Dans le lointain, des sirènes, des pneus qui crissent, des pas de course confus sur les graviers, …

« Malik, putain, t'as fait quoi ? », éructe une voix grave, polie à la bière et à la Gauloise sans filtre…

* * *

Malik regarde Émilie, étendue sur un lit à baldaquin drapé de linge blanc et paré de voiles en lin de couleur crème. Sur la table de chevet, un vase présentait des fleurs de coton et des orchidées immaculées. La pièce était faiblement éclairée par une fenêtre ouverte.

Malik se pencha sur la jeune femme et, posant sa main sur son épaule, l'invita doucement à se réveiller. Émilie se redressa lentement, allongea ses bras et ses jambes pour s'étirer et fit une légère grimace en se tenant les côtes et le ventre. « Comment vas-tu ? » s'inquiéta-t-il doucement.

— Ca va… Un peu dans le brouillard. Où sommes nous ? Que s'est-il passé ?, demanda t-elle en balayant du regard la pièce et le visage de Malik.

— Nous sommes chez des amis. T'inquiète pas tout va bien. Tu as dormi pendant deux jours, suite à l'opération. Désolé, mon amour, j'ai pas pu te protéger complètement. Malgré mon gilet de protection, il y a une balle qui t'as touché à la cuisse. La fatigue, plus la douleur suite à l'extraction de la balle, a eu raison de ta vaillance, mon cœur.

— Tu veux dire qu'on s'en est sorti ? Mais que s'est-il passé ?

Sur cette question, un homme d'environ 50 ans entre dans la chambre. La chevelure rase poivre et sel, une barbe soignée, le regard bleu glacier, un peu plus d'un mètre quatre-vingt, taillé en V. On sent l'athlète qui s'entretient encore. Il est vêtu d'une chemise blanche à manches longues, d'un pantalon type cargo beige et de chaussures de randonnée. « Salut, je m'appelle Alfred Bouchon, major à la retraite»

— Émilie, je te présente un vieil ami. Peu de personnes de mon entourage le connaissent. Il fût mon instructeur au 2. Quand j'ai vu la tournure des événements, j'ai appelé le major. Il a réussi à me trouver un gilet. Les délais étaient trop courts pour avoir des munitions supplémentaires ou un appui humain, sans éveiller des soupçons. Du coup, je lui ai demandé de se positionner à l'arrière de l'entrepôt pour pouvoir nous couvrir et nous exfiltrer.

— Mais, pourquoi tu ne m'as rien dit de ton plan...

— Manque de temps... Ne pas te donner trop d'espoir... Je ne sais pas. J'ai fait au mieux compte tenu des circonstances.

— Faut que j'appelle Sandra pour lui donner des nouvelles. Elle doit se faire un sang d'encre, s'inquiéta la jeune femme tout en se rendant compte que seuls ses sous-vêtements cachaient sa nudité à ses interlocuteurs.

— Maintenant que Maxime est mort, nous allons pouvoir souffler, commenta Malik. Nous allons rejoindre ta tante et enlever le corps de son jardin. On ne sait jamais en cas d'investigations.

— Tu penses vraiment que tout cela est fini...

Tandis qu'Alfred s'éclipse en refermant la porte, pour toute réponse, Malik s'approche de sa compagne, la serre contre lui et lui murmure tendrement : « Non, ce n'est pas fini. C'est maintenant que tout commence, enfin... ».

*« C'est un douloureux labeur
que la rupture des sombres attaches du passé. »*
Victor Hugo

00 V.4 – Ange gardien

Il baissa les paupières d'Émilie et lui dit dans une dernière détonation : « Dors, mon cœur, j'arrive… ».

* * *

« Malik » regardait Émilie, étendue sur un lit à baldaquin drapé de linge blanc et paré de voiles en lin de couleur crème. Sur la table de chevet, un vase présentait des fleurs de coton et des orchidées immaculées. La pièce était faiblement éclairée par une fenêtre ouverte. « Malik » se pencha sur la jeune femme et, posant sa main sur son épaule, l'invita doucement à se réveiller. Émilie se redressa lentement, allongea ses bras et ses jambes pour s'étirer et fit une légère grimace en se tenant les côtes et le ventre.

Il prit une carafe dans laquelle baignaient des feuilles de menthe et des rondelles de citron, et lui en servit un verre. Il lui passa la main dans les cheveux et l'embrassa tendrement sur le front. Émilie se détendit tout en demeurant sur la réserve, toujours intriguée par ce lieu et par l'étrange bonne santé de « Malik ». Le jeune homme l'aida à se lever et l'accompagna vers la fenêtre, qui laissait passer un frais parfum d'agrumes et d'embruns marins. Le paysage sur lequel donnait cette fenêtre ressemblait à une carte postale de Grèce, maisons aux toits arrondis, aux murs blancs agrémentés de volets bleus, surplombant une crique aux falaises escarpées, bordée de pins, de cyprès et de broussailles méditerranéennes. Cependant, toute la vue semblait teintée de beige, comme passée sous un filtre photographique pour tout atténuer. Une photo sépia presque transparente, sans profondeur. Le décor se devinait plus qu'il ne se voyait réellement. Pourtant il s'en dégageait une sorte de quiétude bienfaisante. Émilie, appuyée sur le bras de « Malik », contemplait tout ceci avec émerveillement tout en se sentant encore endormie, presque dans un rêve.

— Émilie, il va falloir que tu m'écoutes, j'ai peu de temps pour tout t'expliquer. Je vais répondre à tes questions. Je vais te dire des choses auxquelles tu ne voudras pas croire. Mais elles seront une explication à la décision qui a été prise...

— Quelle décision, Malik ? Tu me fais un peu peur tu sais ?

— Je m'en doute. C'est difficile d'appréhender l'inconnu, surtout sans repère. Bon, prends ce fauteuil, détends-toi et écoute-moi. N'hésite pas à m'interrompre si tu as des interrogations. Je te demande juste d'attendre un peu avant de poser ta première question, d'accord ?

La jeune femme, le regard perdu, acquiesça sans pouvoir mesurer les conséquences de son consentement. Agenouillé et lui tenant les mains, « Malik », d'une voix sereine et apaisante, lui confirma qu'ils avaient été abattus en sortant de l'entrepôt et que Maxime était bel et bien mort, ce qu'elle accueillit avec un sourire. Puis, il se leva, fit quelques pas, les bras croisés dans le dos, et revint vers elle :

— Émilie, tu ne vas pas pouvoir rester ici. Je vais t'expliquer pourquoi.

— Malik, excuse-moi, mais je…, intervint la jeune femme complètement perdue.

— Tu ne comprends rien à ce que je suis en train de te dire. Je sais, coupa-t-il. Ne m'interromps pas, j'essaie de te présenter les choses au mieux. Suite à tes blessures et à la gravité de ton état, tu as été transportée dans un hôpital pour être soignée. Au moment où nous nous parlons ton enveloppe charnelle est maintenue en vie, d'une part avec divers appareils et liquides, d'autre part par notre volonté qui stimule tes ondes cérébrales. Tu es dans ce que vous, Humains, appelez le coma. Bon, concrètement, pour l'instant tu es avec moi dans « la chambre de conscience ». Ce que tu vois n'est qu'une représentation acceptable pour toi. « Ils » m'ont demandé de décider de la suite à donner à ton existence. Soit « je » te débranche et tu seras enfin déclarée cliniquement morte et tu resteras ici, soit « je » t'aide à te réveiller. Le vrai problème dans cette histoire est pourquoi je favoriserai la deuxième option, alors que tout m'incline à choisir la première...

— Tu es en train de me dire que je suis quelque part en attente de savoir ce qu'on va faire de moi ? Dans une sorte de boudoir du Paradis ou d'un truc comme cela ? émit Émilie avec inquiétude et circonspection.

— Oui, c'est exactement cela... Même si cela me coûte. On ne choisit pas toujours pour soi... remarqua Malik, avec tristesse.

Émilie tenta de se lever, perturbée par les propos qu'elle venait d'entendre. Tout lui semblait irréaliste et incompréhensible. Cet homme qui se tenait devant elle, à qui elle avait donné son corps et son amour, venait de lui laisser entendre qu'ils seraient sans doute séparés et qu'elle ne pourrait rien y faire...

— Émilie, suite à ton agression, tu avais pris la bonne décision. Partir. Afin de faciliter ton changement de vie, « Elles » ont fait en sorte que nous nous rencontrions. Tout aurait pu bien se passer. Il y avait cette alchimie si rare entre nous deux. Et puis, nos histoires nous ont rattrapés... Destinée, ironie, humour absurde, manipulation due à des forces supérieures, peu importe, c'est ainsi... Pour résumer, pour ma part, je suis mort. C'est irréversible, mes blessures étaient trop importantes : une balle dans le cerveau, une dans le cœur et une dans le poumon, difficile d'en réchapper. Ou alors, je deviendrais, au choix : un animal de foire, un sujet scientifique ou un enjeu métaphysique. Je n'ai pas envie d'être un nouveau Lazare. Toi en revanche, tu peux t'en sortir.

— Malik, je m'en fous, moi. Je veux rester avec toi. Quel est l'intérêt de vivre sans toi ? objecta Émilie

— Émilie, ce n'est pas facile pour moi non plus, tu sais. Le « principe de vie » doit être supérieur à toute chose. Malgré nous. Tant que le souffle est là, tu dois continuer. Tu as encore des choses à vivre. Il y aura un temps d'adaptation un peu compliqué, mais tout s'arrangera, tu verras. Certes, la médecine et la police voudront des explications. Tu subiras des examens et des interrogatoires... Face à ton mutisme, vu que tu ne seras pas en état d'aider, ils seront obligés de déduire et de faire « justice » avec ce qu'ils auront et ce qui sera acceptable. De toute manière, ce n'est qu'un fait divers... Et quand l'heure viendra, quand tu auras vécu ce qu'il te reste à vivre, tu reviendras et je serai là.

— Attends, attends, que va-t-il se passer ? s'inquiéta Émilie anéantie et suppliante.

— Tu vas écouter ma voix et je vais décompter à partir de dix. A zéro, tu te réveilleras, tu te souviendras de presque tout...

Émilie s'était rassise et fixait « Malik », incapable de parler et de bouger. Elle entendit une voix de plus en plus faible énumérer : « Dix... neuf... huit... sept... six... cinq... quatre... trois... deux... zéro... »

Un soir fait de rose et de bleu mystique,
Nous échangerons un éclair unique,
Comme un long sanglot, tout chargé d'adieux ;

Et plus tard un Ange, entr'ouvrant les portes,
Viendra ranimer, fidèle et joyeux,
Les miroirs ternis et les flammes mortes.

Extrait du poème *La mort des amants*
de Charles Baudelaire

REMERCIEMENTS

Un grand merci à Hélène pour avoir accepté ce défi littéraire, pour m'avoir fait confiance, pour avoir apporté toute sa sensibilité et son sens du récit. Ce livre n'aurait pu être ce qu'il est sans elle.

Merci pour leur lecture attentive et émue : Camille, Corinne, Diane, Sabine, Christophe et François.

Merci à ma « petite femme » et ma fille pour m'avoir donné le temps et la sérénité nécessaires pour écrire.

Merci à vous qui tenez ce livre entre vos mains. J'espère que nous ferons un long chemin ensemble.

© 2016, Fred Daviken
Éditeur : BoD – Books on demand
12/14 rond point des Champs-Elysées, 75008 Paris
Impression : BoD – Boks on demand, Allemagne

ISBN : 978-2-32215-888-1

Dépôt légal : juin 2017